加速世界

Accel World

10 —Elements—

川原 礫
插畫 / HIMA

「保……保鏢？」
「就是雇用『保鏢』，
Bouncer
直到你的點數回升至
安全範圍為止。」
拓武
春雪的好友。新生「黑暗星雲」團員。對戰虛擬角色是「Cyan Pile」。
春雪
位於國中校內地位金字塔底層的少年。
黑雪公主所率領的新生「黑暗星雲」成員。
對戰虛擬角色是「Silver Crow」。

「……好痛……」
?????
在一家咖啡店與春雪撞個正著的神祕人物。
身材纖細，戴著眼鏡，
有著讓人看不出是男是女的中性氣息。

「誰教公主一直發呆，
我叫了那麼多次都沒反應。」
若宮惠
與黑雪公主同樣
參加學生會的少女，
職位是書記。

「妳、妳妳妳沒頭沒腦地做什麼啊，惠！」
黑雪公主
操縱「黑之王」Black Lotus的梅鄉國中學生會副會長。

「等、等等我嘛！琉花！」
「阿呆，妳在上面等就好了啦。」
Coral Merrow
與Lagoon Dolphin搭檔的對戰虛擬角色。
Lagoon Dolphin
向黑雪公主挑戰的沖繩在地超頻連線者。
●●●●

「我說啊，
Silver Crow……」
桐人
來無影去無蹤，
突然出現在校內網路的
神祕劍士型虛擬角色。
「你是誰……！
你到底怎麼連上
梅鄉國中校內網路的！」

「BRAIN BURST」中對戰虛擬角色的「屬性」

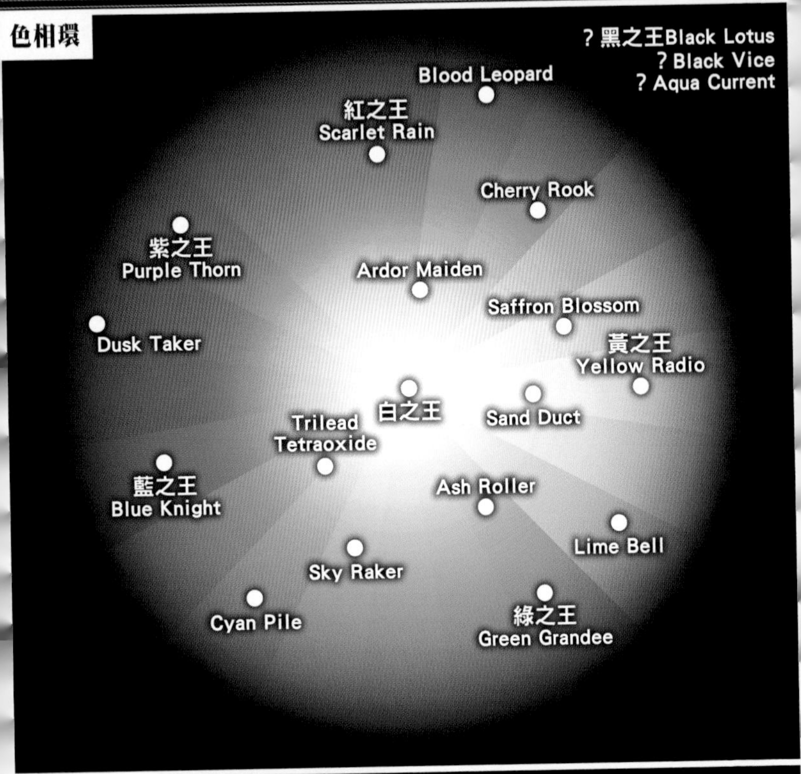

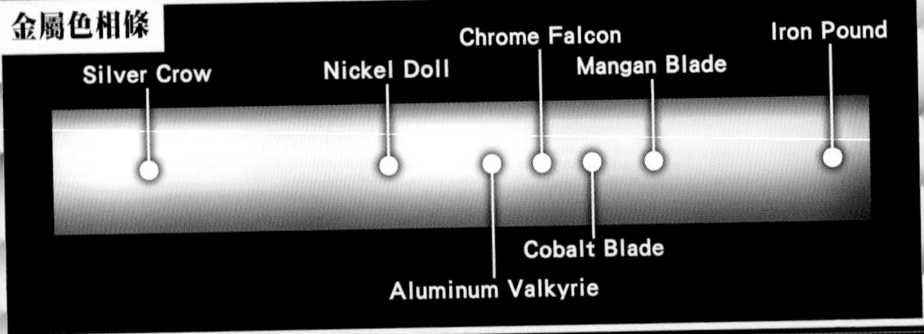

由系統自動賦予超頻連線者的英文名稱中，都會包括一個表示顏色的單字。「藍色系」擅長近距離直接攻擊，「紅色系」擅長遠程直接攻擊、「黃色系」擅長間接攻擊。而紫色與綠色這類介於上述三原色之間的顏色，則具備橫跨兩種色系的屬性。

另外，落在「金屬色相條」上的虛擬角色，則是強在防禦面而非攻擊能力。

加速世界

Accel World

10 - Elements -

川原　礫
插畫 / HIMA

Kadokawa Fantastic Novels

■黑雪公主＝梅鄉國中的學生會副會長，是個清純又聰慧的千金小姐，真實身分無人知曉。校內虛擬角色為自創程式「黑鳳蝶」，對戰虛擬角色為「黑之王」＝「Black Lotus」（等級９）。
■春雪＝有田春雪。梅鄉國中二年級生，體型略胖，遭人霸凌。對遊戲很拿手，但個性內向。校內虛擬角色為「粉紅豬」，對戰虛擬角色為「Silver Crow」（等級５）。
■千百合＝倉嶋千百合。跟春雪從小就認識，是個愛管閒事又活力充沛的少女。校內虛擬角色為「銀色的貓」，對戰虛擬角色為「Lime Bell」（等級4）。
■拓武＝黛拓武。跟春雪及千百合都是從小就認識，擅長劍道，對戰虛擬角色為「Cyan Pile」（等級５）。
■楓子＝倉崎楓子，曾參加上一代「黑暗星雲」的資深超頻連線者。因故過著隱士般的生活，但在黑雪公主與春雪的勸說下回歸戰線。曾傳授春雪「心念」系統。對戰虛擬角色是「Sky Raker」(等級8)。
■謡謡＝四埜宮謡。參加上一代「黑暗星雲」的超頻連線者。名列「四大元素(Elements)」之一，是松乃木學園國小部四年級生。不但能運用高階解咒指令「淨化」，還很擅長遠程攻擊。對戰虛擬角色為「Ardor Maiden」(等級７)。

■神經連結裝置＝以量子無線方式與大腦連線，透過影像與聲音等方式，對所有感官都能提供訊息的攜帶型終端機。
■BRAIN BURST＝黑雪公主傳給春雪的神經連結裝置內應用程式。
■對戰虛擬角色＝玩家在BRAIN BURST內進行對戰之際所控制的虛擬角色。
■軍團＝Legion。由多名對戰虛擬角色組成的集團，以擴張佔領區域及確保利權為目的。主要軍團共有七個，分別由「純色七王」擔任軍團長。
■正常對戰空間＝指進行BRAIN BURST正規對戰（一對一格鬥）用的場地。儘管有著直逼現實的高規格重現度，但遊戲系統則與上個世代的格鬥遊戲相差無幾。
■無限制中立空間＝只允許4級以上對戰虛擬角色進入的高等級玩家用場地。其中建構有遠超出「正常對戰空間」之上的遊戲系統，自由度比起次世代ＶＲＭＭＯ遊戲也毫不遜色。

■運動指令體系＝用以控制虛擬角色的系統，正常情形下對於虛擬角色的控制都由這個系統處理。
■想像控制體系＝透過堅定想像意念（Image）來控制虛擬角色的系統。運作機制與正常的「運動指令體系」大不相同，只有極少數人懂得如何運用，是「心念」系統的精要。
■心念（Incarnate）系統＝干涉BRAIN BURST的想像控制體系，引發超越遊戲格局之現象的技術。又稱做「現象覆寫（Overwrite）」。

■加速研究社＝神祕的超頻連線者集團。不把「BRAIN BURST」當成單純的對戰遊戲而另有圖謀。「Black Vise」與「Rust Jigsaw」等人都是這個社團的成員。
■災禍之鎧＝名喚Chrome Disaster的強化外裝。一旦裝備上去，就可以使用吸取目標ＨＰ的「體力吸收」與透過事前運算來閃避敵方攻擊的「未來預測」等強力技能，但鎧甲擁有者的精神會遭到Chrome Disaster汙染，進而完全受到支配。
■Star Caster＝Chrome Disaster所拿的大劍，有著凶惡的造型。但原本的外形可說名副其實，是一把意象莊嚴，有如星星般閃閃發光的名劍。

■ＩＳＳ套件＝ＩＳ模式練習用（Incarnate System Study）套件的縮寫。只要用了這種套件，任何超頻連線者都能夠運用「心念系統」。使用中會有紅色的「眼睛」附在虛擬角色的特定部位上，並散發出黑色的鬥氣——象徵「心念」的「過剩光(Over Ray)」。

■「七神器」(Seven Arcs)＝「加速世界」中七件最強的強化外裝。包括大劍「The Impulse」、錫杖「The Tempest」、大盾「The Strife」、形狀不詳的「The Luminary」、直刀「The Infinity」、全身鎧「The Destiny」與形狀不詳的「The Fluctuating Light」。

Accel World

Accel World
-Elements-

遠日的水聲

1

YOU WIN!

一串籠罩著火焰特效的文字浮現在視野正中央，有田春雪吞了吞口水，等著超頻點數跟著加算上去。

這是場二對二的搭檔戰，但雙方的合計等級相等，所以贏得的點數就是基本值10點。一陣不管聽幾次都覺得舒暢的金屬質感音效中，現在保有總點數的數值往上一跳，從298增加到──308。

緊接著，一串沒看過的系統訊息追加在數字下方，寫著【YOU CAN UP TO LEVEL 2】──可以升上2級。

「太……棒啦……！」

春雪舉起銀色虛擬角色「Silver Crow」的右手，下意識地握拳。由2級角色與3級角色組成的對手搭檔儘管心有不甘，仍然出聲道賀。

「恭喜啦！」

「升級的加成可要想清楚再選啊！」

兩人說完便一同登出超頻連線，春雪趕緊朝他們鞠躬道謝。待在周圍大樓屋頂的觀眾們，也紛紛留下掌聲與祝賀的話之後才消失。

最後留下的搭檔，也就是擁有藍色重裝甲與貫穿型強化外裝的4級玩家「Cyan Pile」，也重重點了點頭說：

「恭喜你，小春。你這兩週真的很努力。」

「……謝了，阿拓。」

春雪很想把滿腔情緒傳達得更清楚，但靠他貧乏的言語能力，說出這句話已經是他的極限，所以他決定至少用更大的聲音重說一次：

「真的，謝了。」

這兩週內，春雪也真的從頭到尾沒有一件事不靠Cyan Pile——黛拓武幫忙，內容已經繁多到無法量化。

舉凡對戰虛擬角色的裝甲色、各種對戰場地屬性的特徵與因應策略、熱門對戰地點與時段，以及各區域的在地規矩與禮儀等等，包羅萬象。而且拓武不但分享這些「BRAIN BURST」相關的資訊，甚至連現實世界中的學校課題與報告，他同樣會大力幫忙春雪。

要不是有拓武這麼親切地支援，即使春雪——Silver Crow是加速世界七年歷史中首度出現的「完全飛行型對戰虛擬角色」，多半也無法在這麼短的期間內存到300點，反而很有可能三兩下就遭到破解，甚至喪失所有點數。

這是為什麼呢？因為本來應該對春雪進行這些指導的「上輩超頻連線者」正在住院，別說是對戰了，就連每天可以上網的時間都極為有限。畢竟她待在加護病房接受二十四小時觀察，會有這樣的限制也是理所當然。站在春雪的立場也希望她能安心靜養，最好連完全潛行都別進行，但她本人則每天通話時都抱怨個沒完沒了。

總之眼前的狀況就是如此，所以說，春雪不但無法得到「上輩」黑雪公主——「黑之王」Black Lotus指導，也不可能在加速世界中見到她。雖說她似乎下週就會轉到一般病房，但之後應該也會有好一陣子不能進行對戰。因此拓武願意離開先前參加的藍色軍團「獅子座流星雨」，轉到黑色軍團「黑暗星雲」暫時擔任教官，真的是令他感激不盡……

見春雪盡量將如此心情濃縮在短短的一句話裡，拓武也從剽悍的面罩下回以平靜微笑：

「——還差得遠，光是這樣做，我根本沒辦法彌補絲毫罪過。」

「……阿拓……」

拓武從吞吞吐吐的春雪身上移開視線，抬頭看看「古堡」場地的滿月。

「而且啊小春，追根究柢來說，要不是我用卑鄙的手段一再襲擊軍團長……襲擊黑之王，想必不會演變成現在這種情形。所以，代替王幫你一把，既是我的責任，也是我的義務。」

——的確，拓武從今年暑假過後開學以來，就持續用絕對稱不上正當的手段，入侵梅鄉國中校內網路挑戰黑雪公主。因為拓武利用了自己與春雪的兒時玩伴倉嶋千百合，在她所佩帶的神經連結裝置中安裝「後門程式」，拿這個程式當踏板，不斷地單方面進行挑戰。

春雪發現這當中的機關後，為了保護身受重傷而陷入昏睡狀態的黑雪公主，在她接受治療的醫院與拓武兵戎相向。歷經一場將全副心力燃燒殆盡的激戰後，春雪身為飛行型虛擬角色的能力覺醒，打敗了拓武；但春雪並未給對方致命一擊，而是選擇了原諒。

換言之，到頭來拓武根本不曾從黑雪公主身上搶到任何點數。黑雪公主之所以住院，與拓武的襲擊也沒有任何直接或間接的關連……

「……這、這哪關你的事啊，阿拓！」

春雪揮動雙手拚命呼喊。

「黑雪公主學姊會身受重傷，從頭到尾都是因為我傻！而、而且你想想看，要不是你一直找學姊挑戰，她多半會一直躲在校內網路裡，根本就不會想找『下輩』……也就是說，我本來根本沒機會變成超頻連線者。現在我能在加速世界裡打鬥，說穿了還是拜你所賜啊……」

要用這番話來打圓場，邏輯也未免太牽強了點。但抬頭看著蒼白月亮的拓武，仍然微微放鬆了雙肩的力道。

「……呵、呵呵，小春，你一點都沒變啊。從國小那時候到現在，一點都沒變……」

聽他小聲地這麼說，春雪也納悶地歪了歪頭。

「嗯？你這句話……可以解釋成在誇我嗎？」

「哈哈，那當然。」

拓武晃動肩膀笑了幾聲，隨即完全轉過身去。春雪朝著那與現實世界中一樣高大的背影，又低聲說了一句「謝啦」，接著查看視野上方正中央的讀秒。

讀秒是從一千八百秒開始倒數，由於這場搭檔戰很快就分出勝負，因此現在還剩下兩百秒左右。結束對戰後若要操作BRAIN BURST的選單畫面，還得另外花1點點數。想想有三分鐘應該也夠了。

春雪如此判斷，隨即伸手去點選自己的體力計量表，打開了主選單——通稱「Inst」。聽說這個奇妙的命名，是取自很久以前的遊樂場（聽說當年叫做電動間）的大型遊戲機台中，插在搖桿面板上方的紙製簡易說明書「Instruction Card」。

隨著一陣輕快的音效響起，視野正中央開出一個造型與市面上VRMMO-RPG十分類似的投影視窗。

視窗的起始畫面上，顯示著自己對戰虛擬角色經過簡化的輪廓。只要點選視窗中的按鈕，這個輪廓就會開始做出動作，教導玩家使用普通招式與必殺技，但Silver Crow的教學動作只會讓他越看越失望，所以暫且不管。

視窗上方排著一排物品欄（Storage）與點數操作畫面等分頁。春雪沒有任何物品，所以也不理會這個分頁，移動到點數畫面。

緊接著，視窗上方中央便大大顯示出【３０８】這個數字，也就是春雪現在擁有的點數。不管看幾次這個數字，都會令他忍不住嘴角上揚，甚至遠比現實世界當中的存款第一次超過一萬圓時更開心。因為這些點數不折不扣是他用自己的手腳（有時還加上翅膀）賺來的。

——等我去跟學姊報告自己升上2級了，不知道她會不會為我高興？不，相信她一定會用不當一回事的表情說「你還差得遠呢」。

春雪轉著這樣的念頭，點選使用點數的按鍵，從跳出的各種選單之中，按下在最上方閃閃發光的【LEVEL UP】按鍵。

接著開出一個視窗，上頭以英文詢問是否同意花費３００點升上2級。

春雪心想BRAIN BURST的使用者介面基本上都冷冰冰的，真難得會特地詢問。在略感驚訝的同時，他的手指已經碰上ＹＥＳ按鍵——

這個瞬間，站在幾步外仰望夜空的Cyan Pile似乎發現情形有異而轉身。當他看到春雪的動作後，立刻全身一顫，踏上一步大喊：

「不……不行啊，小春！住手！」

但等他的吶喊傳到春雪耳裡時，春雪的手指已經按下了【ＹＥＳ】。

一陣旋律酷勁的升級音效佔據了春雪整個聽覺，視野正中央也跑出一串訊息告知他已經升上２級。

最後……

超頻點數的餘額從３０８變成了８。

2

等三十分鐘的對戰時間結束，在用來上網的新宿區區立角筈圖書館閱覽隔間座位醒來後，春雪才總算理解到自己幹下了什麼好事。

他茫然地躺在可調節角度的躺椅上不動，隔間的門則是立刻遭人從外開啟，一隻手迅速伸來，強行扯下春雪戴在脖子上的鋁銀色神經連結裝置。顯示在視野中的虛擬桌面跟著一口氣全部消失。

突然出手扯下陌生人的神經連結裝置，可是種明確的犯罪行為。即使彼此之間是熟識的好友，這仍然是一種冒昧到了極點的舉動。然而現在黛拓武之所以會闖進春雪的隔間這麼做，實在是有非如此不可的理由，而春雪自己現在也已經痛切了解到這點。

因為春雪現在的超頻點數只剩8點。一旦他遭到別人挑戰又打輸，進而喪失10點點數，他的BRAIN BURST程式就會強制反安裝。

春雪這才認知到這個事實，只能驚愕地瞪大雙眼，看著一身藍灰色高領學生制服的拓武。好友嘴唇發抖，發出沙啞的聲音：

「……竟然會弄成這樣……小春，對不起，真的很對不起，我居然忘了講最重要的事……『即使達到可以升級的點數，也不可以立刻升級』……我明明知道既然當起教官，就算其他事全都忘了，也只有這點萬萬不能忘……」

——沒錯。

BRAIN BURST這款遊戲當中的「升級」與其他遊戲不一樣，不是只要經驗值累積到一定數值就會自動發生的現象，而得耗用賺到的點數來購買。

1級升2級需要300點，也就是說，如果在總點數只有308的時候進行升級，剩餘點數就會只剩8點，這件事再明白不過，所以才會說「不可以立刻升級」。先留下升級後仍然保有安全額度的點數，乃是進行升級的絕對前提……

「……阿拓……我……真笨……。只要稍微想一下……就知道當然是這麼回事……只不過存到300點就得意忘形……我真笨……」

事到如今，他才強烈意識到自己的「超頻連線者生命」已經有如風中殘燭。從黑雪公主給他程式以來的這半個月，春雪的總點數最少也保持在70點以上，現在卻只剩8點。要不是拓武強行扯下他的神經連結裝置，說不定春雪剛打完上一場對戰就會敗給新出現的挑戰者，因而失去BRAIN BURST。

少年握住躺椅扶手的手頻頻顫抖，腦袋裡只轉著一個念頭——該怎麼辦？該怎麼做才好？

虧他還覺得世界變了——覺得那人改變了世界，讓他總算相信自己以後也能慢慢改變——

「小春。」

他的右手忽然被人用力握住。拓武上半身從側面拉門探到狹窄的閱覽隔間裡，平常總是一派鎮定的雙眼露出熱切的光輝，強而有力地低聲說：

「小春，不用擔心，你還沒有玩完。就算已經走到這一步，也有方法挽回。我們先到你家再說吧。」

「……阿拓……」

兩週前那場「醫院決鬥」以來，拓武便離開了藍色軍團擔任春雪的教官，但他依然不曾像從前那樣造訪春雪家。雖然春雪邀過數次，但他都只是微笑著搖頭，彷彿在說自己沒資格。

不過，一碰上這種急轉直下的緊要關頭，拓武似乎也就把這種客氣拋到九霄雲外去了。

「好、好啊，我們走吧。畢竟在這裡不方便講太多。」

春雪頻頻點頭，從牆上的掛鉤處拿了學校指定的書包站起身。

他們兩人放學後用來進行「對戰」的角筈圖書館，是一棟規模非常大的設施，光是可以進行完全潛行的電子書籍閱覽隔間就有兩百間以上。每到了放學時間，這些隔間總是被鄰近的國小、國中、高中生佔據，所以即使被人看到自己出現在對戰場地上的位置，也不用擔心被猜出真實身分，是個非常方便的據點。然而要在這裡直接出聲討論「BRAIN BURST」相關話題，卻也未免太過無謀；話又說回來，在這個周圍有著一大堆同世代學生的地方跟拓武直連，又讓春雪有些遲疑。

——不，我是不在意別人怎麼想，但阿拓可就顯眼了……要是他被學校的朋友看到，傳出什麼奇怪的謠言，相信他一定會很難為情。

春雪轉著這樣的念頭，追趕快步走在前面的好友，此時他背上冒出的冷汗才總算乾了些。雖然只剩8點，但拓武都說了不要緊，相信一定會有辦法。春雪這麼說服自己後走出自動門，深深吸了口十一月裡有些冰冷的室外空氣。

兩人搭乘從都廳前沿青梅大道行駛的公車，抵達位於杉並區高圓寺北邊的公寓大樓。等他們走過社區居民用的電梯前認證閘門時，天色已經相當暗了。

一路上春雪始終沒佩帶神經連結裝置，連公車票都是拓武代墊，所以不知道精確的時間。當然，只要取消與全球網路的連線之後再佩帶，就不用擔心會被其他超頻連線者挑戰；但考慮到凡事就怕萬一，他還是沒有勇氣把機器戴上脖子。

平常拓武總是回到對面的A棟去，所以已經好幾年沒有像這樣跟他一起搭電梯。兩人在B棟二十三樓出電梯，用門鈴內建的緊急用指紋／視網膜辨識功能，打開空無一人的自家大門。

「打擾了。」

拓武打了聲招呼並跟著春雪踏進門後，這才意識到自己總算能於闊別多時後重訪有田家，於是微笑著說：

「……好懷念啊，我應該有一年半沒來了吧。」

「咦……已經那麼久啦？」

春雪停下拿出拖鞋的手，回溯腦內的記憶。拓武最後一次來這個家——嚴格說是「不再來這個家」——應該是在他與千百合開始交往一陣子後，所以大概是國小六年級春天前後吧？現在是國中一年級的秋天，所以的確已經過了一年半之久。

「我家也一樣還留著這些拖鞋呀。」

春雪用玩笑的口吻這麼說著，將一雙現在已經太小的淡黃色拖鞋排在拓武腳邊，拖鞋腳背部分還用綠線繡著造型可愛的大象圖案。接著他拿起一雙平常沒在用的同款拖鞋給自己，這雙拖鞋上則繡著藍色的小熊。千百合那雙粉紅兔子圖案的拖鞋也是一年半沒用過，但同樣留在鞋櫃裡。

記得是在國小四年級那年的聖誕節，他們三個人各買了三雙一樣的拖鞋，然後互相贈送。也就是說，不只是春雪家，在千百合家與拓武家，也都配備了同樣由綠象、藍熊與粉紅兔所組成的拖鞋小隊。

他們兩人在兩週前為了「後門程式」而跑去千百合家道歉時，就已看到倉嶋家的拖鞋小隊都還在。拓武聽春雪這麼說，再度微微一笑，把腳掌伸進實在有點太緊的拖鞋說道：

「……我家那幾雙啊，在我六年級的時候就被我媽擅自丟掉了。那應該是我最後一次在爸媽面前哭了吧……」

「這樣啊。那麼，今年聖誕節我們再去買這種拖鞋組吧？」

春雪認真地問完，拓武笑了幾聲，回答說：

「哈哈……這種拖鞋已經快要穿不下了啦。如果要買一樣的東西，你覺得馬克杯之類的怎麼樣？」

「喔喔，不愧是黛大師，出的主意時髦多了。」

春雪剛說完，背上就被拓武猛力推了一把。他誇張地裝作腳步踉蹌，打開自己的房門。

他的房間有三坪大，面向南邊陽台。這個房間過去由很久以前離婚後離家的父親當成書房使用，東邊的一整面牆，都是這年頭少見的內嵌式書櫃。以前春雪父親在書櫃裡排滿了上個世紀的精裝本書籍收藏，但春雪當然沒有任何一本這樣的書籍。

現在佔據這些奢侈天然木材書櫃的，是完全潛行技術實用化之前推出的多款遊戲主機，以及這些主機專用的光碟或卡匣遊戲包裝盒。其中也偷偷藏了一些當時年齡分級屬於Z級的貨色——血腥或肉色成分過多，也有可能兩者皆是——因此他實在不敢讓千百合或黑雪公主進到這個房間。只是話說回來，先不說千百合，他怎麼想都不覺得黑雪公主會來有田家作客。

拓武以滿是懷念的表情走近書櫃，用手指頭一一摸過這些包裝盒。

「──每次遇到下雨不能出去玩的日子，我們三個都會玩這些遊戲玩得渾然忘我啊。像這款賽車遊戲……啊啊，還有這款格鬥遊戲也是。幾乎所有遊戲都是小春你玩得最好，只有這款遊戲是小千莫名其妙強得跟鬼一樣，連我們二對一也完全不是她的對手呢……」

「啊，還真有這回事……搞不好她變成超頻連線者也超強……」

兩人互看一眼，同時露出帶有「不可能！」意味的笑容。

當然，三、四年前他們三人每天都一起玩的時候，「遊戲」這個名詞已經理所當然是指神經連結裝置用的視野投影型與潛行型作品。然而包括遊戲在內，動畫與漫畫等娛樂的分級標準一年比一年嚴格，小學生能玩的新作遊戲，都是一些教育軟體或益智遊戲，頂多就是畫面充滿牧歌情懷的冒險遊戲。即使請大人幫忙買遊戲卡，小孩子的神經連結裝置也無法讀取。

情勢發展到這一步，春雪乾脆沿用父親留在有田家家用伺服器裡未刪除的帳號──當然預算則是省下母親給的午餐費而來──透過郵購到處去買上個世代的遊戲軟體。這些作品的內容可就十分刺激，競速遊戲類充滿理所當然的撞車與爆炸，格鬥遊戲則從拳打腳踢到發射光束都有，RPG更是可以拚命虐殺惹人憐愛的小型生物，剝光牠們身上的錢跟寶物。哪怕只有2D畫面，哪怕握住控制器的手指玩到會痛，若真要問他這些作品跟那些騙小孩的遊戲哪邊比較好玩，答案依然連想都不用想。

當然他現在上了國中，那些分級屬於12歲以上，可以打打殺殺的神經連結裝置用遊戲，他愛怎麼玩都行。直到半個月前，春雪都還每天玩著殺氣騰騰的FPS或刺激的賽車遊戲，藉此發洩在學校累積的壓力。然而，現在他的虛擬桌面上找不到任何一個這些遊戲的執行圖示，因為他體驗過了一款遊戲，一款以另一個現實世界為舞台的終極對戰格鬥遊戲。一旦體驗過那個世界壓倒性的資訊量，以及幾乎會覺得刺痛的鬥智鬥力刺激感，就再也回不去了，而他也絕對不想走回頭路……

春雪的思緒總算跟上當前的危機，他重重坐在床邊，嘆了一口長氣。

拓武注意到這種情形，從書櫃前轉身走過去，放下書包，輕鬆地在他身邊坐下。

春雪從旁看著好友清秀的臉孔，戰戰兢兢地問：

「……阿拓，你剛剛不是說『還有方法可以挽回』嗎？除了孤注一擲打一場以外，真的還有方法……？我的點數都只剩8點了……」

「嗯，不用擔心，我不會讓你掉光點數。」

拓武深深點頭，接著說出令春雪有些意外的話。

「小春，你應該有直連用的XSB傳輸線吧？」

「咦……嗯、嗯。」

春雪點點頭，從左側書桌抽屜裡拿出捆好的銀色線材。拓武接過這條兩公尺長的線，把一邊接頭插上自己的藍色神經連結裝置，同時說出更讓他震驚的話：

「等一下我們就用直連對戰，把我的一半點數轉移到你身上，這樣可以暫時免去當場死亡的危險。之後就要慎選時間地點進行搭檔戰，一場一場死命去打，想辦法賺回安全額度。」

「…………！」

春雪不由得倒抽一口氣。的確，直連對戰沒有「每天只能向同一對手挑戰一次」的限制，只要一場又一場地對戰下去，要轉移多少點數都行。這個應急手段極為單純，而且立竿見影。

他還在發呆時，拓武便已拿著另一個接頭讓他握住。

「來吧，小春。」

春雪在這聲催促下，想也不想就要把接頭插上自己的神經連結裝置，卻在最後一刻停手。距離只有幾十公分的拓武表情微微一歪，接著嘴角露出強忍某種情緒的笑容：

「啊啊……當然這個手段有個大前提，就是你必須相信我。要是我趁人之危打贏你，你就會立刻失去BRAIN BURST……」

「不、不是、不是這樣啦，阿拓。」

春雪下意識用右手抓住拓武的左肩。他那隻手感受到了制服布料下繃緊的健壯肌肉，同時嘴上依然拚命擠出言語解釋：

「我想都沒想過你會背叛。我不是這個意思，甚至剛好相反……我是想說，我有權利讓你犧牲這麼多嗎……」

「小……小春，你這是什麼話？」

一聽春雪說到這裡，拓武立刻全身轉過來正對著他，同樣以右手用力抓住他的左肩，知性派的臉孔露出專注的表情大喊：

「現在不是在意這種小事的時候了！要是下次你輸給同等級的對手，被搶走10點點數，你的BRAIN BURST程式當場就會被強制反安裝啊！而這都怪我忘了跟你說這個重要的概念！所以我當然應該把點數分給你……」

「可是，你自己也沒那麼多點數吧！」

春雪也提出反駁，要是看在旁人眼裡，肯定只會覺得他們在吵架。

而且拓武當初之所以會依賴「後門程式」這種作弊工具，就是因為過度使用加速而導致剩餘點數告急。這兩週來，他與春雪搭檔對戰多少賺回了一些點數，但相信頂多只有勉強恢復到安全額度邊緣。要是現在讓出一半給春雪，肯定會再度掉回危險區。

但拓武以不容分說的口氣再度反駁：

「這種事不用在意。等你將來點數夠了，再用直連對戰還我就行。這只是應急。而且……要是你掉光點數，還在住院的軍團長會受到多大的打擊，應該不用想也知道吧？」

「……這……」

拓武說的的確沒錯。「軍團長」也就是黑雪公主兩週前身受重傷，目前還在加護病房接受微型機械治療，她每天都滿懷期待，等著看自己的「下輩」春雪如何成長。要是知道春雪一升上2級就立刻掉光點數，難保不會因為過度震驚而導致傷勢惡化。拓武探出上半身，以更激動的口氣說下去：

「小春，你不是說過等你升上2級，就要宣告一直屬於空白戰區的杉並區是『黑暗星雲』的領土嗎！你不是說過，要讓軍團長出院後也能安心地連上全球網路嗎！」

「…………………！」

春雪咬緊牙關，拚命思考自己現在該怎麼做才好。

過了一會兒，他從顫抖的嘴唇發出斷斷續續的聲音：

「…………阿拓。可是……可是啊，BRAIN BURST雖然有『平手（Draw）』指令，卻沒有『投降（Resign）』指令啊。所以要故意讓對戰當中的一方獲勝，就得打中一招以後等三十分鐘過去……或是單方面打到ＨＰ計量表耗光為止，再不然就是自己對自己造成致命傷……這種事……這種事……我做不來……」

聽他這麼說，拓武放鬆手上的力道，微微一笑：

「不用擔心，我根本不在意。這是為了幫助伙伴……幫助朋友。在正規對戰空間裡挨幾下攻擊，根本沒什麼大不了的。來，小春，趕快插上接頭。」

拓武的聲音與表情裡頭只充滿了純粹的關心，這讓春雪更加無法將手伸向膝蓋上的XSB傳輸線。

兩人成為同軍團戰友已經過了兩週，但拓武的言行舉止卻處處流露著想懲罰自己的念頭。考慮到他之前的所作所為確實過份，也難怪會有這種念頭。然而拓武在醫院那場決鬥中，毫無保留地吐露了長年來壓在內心深處的感情，使盡全力與春雪以拳交心。打完後他也去跟千百合與黑雪公主道歉，更退出了藍色軍團。春雪相信，拓武的過錯早已全部償清了。

所以，他現在不能依賴拓武。自己與拓武永遠都必須是對等的朋友、對等的伙伴。春雪在那場打鬥的最後就這麼宣告過，要是現在依賴拓武的好意，結果把他也拖進危險當中，自己的那番話就會變成謊言。

而且最重要的是——無論有怎樣的苦衷，若要春雪單方面攻擊不還手的同伴取走……不，應該說是搶走點數，他心中的「玩家魂」便不容自己這麼做。

「……學姊她……黑之王Black Lotus也是一樣。」

春雪看著拓武那顏色稍淡的瞳仁說：

「她為了保護我不被失控的車撞到，動用了『物理完全加速』指令，點數的餘額應該也相當危險。可是她從來就不曾要我分點數給她。就算我主動提起，她一定也會氣得不得了。當然我跟她不管是等級、實力還是經驗，全都根本沒得比……可是，我至少想當個像學姊那樣的超頻連線者。」

接下來幾秒鐘，拓武什麼都沒說。

過了一會兒，他白晰的臉上露出拿他沒轍的淡淡笑容。

「……小春，你還是老樣子，一旦下定決心就頑固得不得了啊。」

拓武放鬆抓住春雪左肩的力道，輕輕一拍之後拿開手，從自己的神經連結裝置上拔掉傳輸線。他將線照原樣捆成一束，露出鄭重的表情說下去：

「……把我所剩不多的點數分一些給你，的確只是治標不治本。問題在於，當剩下的點數告急時，這種壓力就會在無意識中帶來焦慮。焦慮會讓人在對戰時視野變得狹隘，奪走臨機應變的能力。剛剛我說『一場一場死命去打贏』，這做起來真的非常難。『想贏』的心固然重要，但跟『不想失去點數』的心情卻似是而非。老實說，從早秋那陣子我的剩餘點數低於100大關以後，我打一般對戰的平均勝率就只有百分之三十幾。」

「……嗯，這我隱約可以體會。要是現在孤注一擲打一場，我也有把握自己一定會打得綁手綁腳，就這麼打輸……」

聽春雪這麼說，拓武苦笑著回「你這哪門子把握」，接著又露出嚴肅的表情：

「這樣一來，就只剩下唯一一個方法，可以讓你脫離現在的狀況了。」

「咦……還有別的方法……？」

春雪瞪大眼睛。拓武一瞬間欲言又止，隨即低聲回答：

「嗯。這個手段風險很高……一個弄不好，甚至有可能失去比點數更重要的東西……只不過，我也想不到別的方法了。」

春雪吞口水等他說下去，拓武隨即說出一句實在太出人意料之外的話：

「就是雇用『保鏢（Bouncer）』，直到你的點數回升至安全範圍為止。」

3

隔天的星期六，下午十二點五十分。

春雪與拓武一起在中央線電車上搖晃。

聽說比起二十一世紀初葉，這年頭汽機車等道路交通方面的情形已經大不相同，但電車這種交通工具則維持了同樣的基本構造將近百年之久。儘管現在換成由ＡＩ全自動駕駛，搖晃與噪音也獲得大幅度改善，但把一大堆旅客塞進這種車廂的基本情形卻沒有任何改變。

——啊，這種感覺好懷念啊。

春雪與拓武一起站在車門邊，心中暗自轉著這樣的念頭。

即使看在春雪眼裡，穿著便服的拓武仍然帥得無從挑剔。他才國中一年級，身高就已經長到一百七十五公分，穿著褪色褪得很有品味的黑牛仔褲與領口大開的針織上衣，外面披著藍色的軍裝外套，讓車廂內的多名女性打從剛剛起就不時地偷看他。

但這些視線一移動到拓武身邊那個矮矮胖胖的生物上，立刻充滿重若深淵的疑問。連春雪都覺得要是立場對換，他也會納悶這樣的組合到底是怎麼回事。小時候他就因為受不了這種感覺，恨不得挖個洞把自己埋進去；所幸這一年來他似乎已經得到了一定的抵抗力，已經有心思去懷念這樣的感覺。而且，現在的春雪根本沒有心思因為別人的目光而畏縮。

因為，他那風前燭般的超頻連線者生命能否延續下去，全看他們接下來要見的這個人物有沒有意思幫他。

視野中顯示出電車即將抵達御茶水站的通知，拓武用力拉了拉春雪球衣外套的袖子，悄聲對他說：

「要下車囉。」

「嗯……嗯。」

春雪點點頭，冒汗的雙手在垮褲上擦了擦。對方指定的會面地點，是位於神保町的一間大型書店店內咖啡廳。從御茶水站過去要走一小段路，但也花不到三十分鐘。

既然對方也是超頻連線者，雙方當然不會直接碰面。那麼為什麼需要在現實世界碰頭呢？因為這是整個加速世界裡唯一的「保鏢」所要求的唯一報酬。

對方的要求，就是超頻連線者最大的禁忌——「暴露現實身分」。

『保……保鏢？』

昨天春雪在房間裡聽拓武提起這個字眼，不由得大聲複誦一次，好一陣子說不出話來。

拓武點點頭，平靜地開始說明：

『我也只有在觀戰的時候目擊過幾次，從來不曾直接跟他見面或談話。他的虛擬角色名稱是「Aqua Current」，裝甲色不固定。』

『Aqua……Current。』

這個名字他沒有印象。東京都心有一千名超頻連線者，所以沒聽過也不稀奇，問題在於接下來的部分。

『裝甲色……不固定？不固定是怎麼回事？』

『看了就知道……我是很想這麼說，不過還是多讓你知道一些比較好吧？我想想看……該怎麼說明才好……』

平常總是思路清晰的拓武難得沉吟了幾秒，接著說出來的話卻有點出乎春雪意料之外。

『小春，所謂的「水」，應該不是「水色」吧？』

『咦……？』

春雪先發出狀況外的疑問聲，接著才仔細思考。在日語裡頭說到水色，一般都是指明亮的藍色。但不用說也知道水本身是透明無色，只是有些狀況下看起來會是藍色而已。

『也就是說，這位Aqua Curren的裝甲不是水色，而是水的顏色……是嗎？』

『就是這麼回事。我想除非實際看過，不然再說下去你也不會更懂。而且現在重要的不是外觀，是他的作風。』

拓武講到這裡先頓了頓，喝一口春雪開始談這個話題前從廚房端來的葡萄柚汁潤潤喉嚨，接著說：

『他是全加速世界當中，唯一一個做「保鏢」這門生意……也不知道該說是做生意還是當角色扮演……總之他就是標榜這種作風，而且還限定只做初學者的生意。具體來說，就是只接受2級以下且剩餘點數相當危急的超頻連線者雇用。他會和委託人組成搭檔對戰，直到委託人的點數重回安全範圍為止。按照傳聞的說法，截至目前為止，他從來不曾在任務中讓委託人掉光點數。』

『……真、真的假的……』

春雪茫然地瞪大眼睛，但仍拚命試圖聽懂拓武的話。

『呃……這也就是說，這位Aqua兄跟等級只有1級或2級且點數幾乎耗盡而焦慮得不得了的新手組成搭檔，還能在對戰中徹底保護好委託人，一直贏下去？』

『應該就是這麼回事吧。』

『這……這不是超厲害嗎……我想一定是資歷非常深的高等級玩家吧……等級不是7級就是8級，已經接近王的水準……』

拓武聽到春雪的感嘆後微微一笑，搖搖頭說出了今天最令人震驚的一句話：

『不，Aqua Current有個綽號，叫做「唯一的一(The One)」。他的等級……是1。』

春雪腦中回想昨天的對話，同時沿著明大大道南下走了十五分鐘左右，之後在前方看見一個很大的路口。通往靖國大道的這一帶，就是所謂神田神保町地區——從上個世紀便一直存活到今天的世界最大規模「書街」。

不用說也知道，在二〇四六年的現在，「書」這個字眼指的當然是神經連結裝置用的電子書籍。書籍從出版到販賣都完全網路化，讀者不但可以在虛擬桌面上以專用閱覽程式閱讀所購書籍，還可以透過完全潛行的方式，在自己偏好的環境下「重現」出書本來閱讀。

但這世上還是有很多人認為「書原本就不是數位資料，一定要印在真正的紙張上裝訂成冊才叫做書」。對於春雪來說，黑雪公主經常在學校交誼廳裡閱讀的那種裝訂精美的精裝書也會令他有所嚮往，同時他偶爾也會懷念地想起已經連長相都想不起的父親所收藏的大型百科全書。

一般認為現實世界中的書店無法抗拒電子書籍化的時代洪流，遲早會消滅殆盡，但這些書店則透過順應這些顧客需求的方式存活下來。他們不是賣書，而是製作書——把顧客帶來的電子書籍印到紙上裝訂成冊。也就是說，這些書店兼具過去印刷廠的功能，並且販賣少量以紙張為媒體的新書與年代久遠的舊書。神田神保町裡就密集存在許多這樣的書店。

春雪與拓武要去的，是一間面向駿河台下路口的大型書店。或許是自認肩負推廣紙張文化的舵手吧，還可以看到大樓屋頂自豪地座鎮著一面這年頭少數不用AR，而是印在實體大型看板上的書籍代言人廣告。兩人現在已經從全球網路切斷神經連結裝置的連線，所以視野中也只看得到這一則商業廣告。

春雪昨晚將寄出了委託信，送到神祕保鏢「Aqua Current」當作接洽窗口的電子郵件信箱，對方隨即指定附設在這棟書店大樓頂的咖啡廳為初次見面的地點。拓武正要率先走過書店前的路口，春雪卻輕輕拉了拉他的袖子。

「阿拓，到這裡就好。」

「咦……可是……」

這位兒時玩伴正要搖頭，春雪便以堅定的語氣低聲說道：

「『暴露現實身分是最大的禁忌』……一旦個人資料外洩，隨時都有可能被人PK，不是嗎？我瀕臨耗光點數的邊緣，要付出這種代價也是無可奈何，但是不必連你都冒這樣的危險。我這可不是沒有意義的逞強。」

「…………好吧。」

所幸拓武儘管表情並未完全信服仍然點了點頭，他以視線指向不遠處的一間漢堡店。

「那我到那邊待機。等你的好消息囉。」

拓武退開一步，接著換他用力抓住春雪的左手。

「——小春，你要加油，一切才剛開始。」

即使與保鏢見面後，可以順利組成搭檔來進行賺回點數的對戰，也有可能在第一戰就不幸打輸，因而失去BRAIN BURST。春雪微微顫抖，重重點頭：

「嗯，我知道，我也不打算這麼早退場。不要擔心啦，我會海撈一票回來的。」

「……總覺得你這台詞好像是出自詐欺題材電影，還是主角要去幹什麼危險工作的時候會說的。」

拓武的表情從緊張轉成微笑，說出這樣的一句話，肯定是想讓春雪放輕鬆。記得這類電影裡頭，主角的計畫從來不曾順利成功。但春雪仍然得意地一笑，內心感謝好友的關心之餘，盡可能以最開朗的聲調回答：

「說起來還真有點像。不過，這種電影最後一定都是大團圓結局呀……那我去啦。」

春雪退開一步，輕輕揮手轉過身去，跑向正好碰上綠燈的行人穿越道。

大型書店裡，散發著一股令人懷念的紙張氣味。

一樓與二樓是販賣新書的樓層，三樓與四樓是舊書樓層，五樓六樓是電子書籍隨選印刷及裝訂樓層，七樓則是咖啡廳，讓人可以在這裡盡情品味剛裝訂成冊的書籍。

春雪搭電梯一口氣上到七樓，從入口悄悄張望寬廣的店內。將近三十桌的座位已經有三分之二左右坐了人，幾乎每一個顧客都拿著飲料翻動紙頁。令人意外的是，狀似中學生的年輕人也不在少數。有些三、四人的團體湊在一起看薄薄的書冊，也有人獨自看著小小的文庫本。這樣根本無法篩選出誰才是「Aqua Current」——不，他也可能根本就不在這店裡。

但都走到這一步，也只能豁出去了。春雪看著視野右下方顯示的時間，在約定的下午一點半來臨的那一刻踏入店內，對站在櫃臺後方的年長服務生告知對方在郵件上指示的事項。

「呃……我跟人約在十七號桌。」

服務生恭敬地應了一聲，領著春雪到指定的桌次，但那兒果然沒有人在。以天然木材製成的桌子上，放著還微微冒著熱汽的咖啡杯與一個小小的購物袋。於是春雪挑了一張椅子坐下，朝服務生遞來的紙製菜單瞥上一眼，點了一杯柳橙汁。

春雪喘了口氣，小心地打量周遭。這張桌子位在窗邊，右側就是有機調光玻璃，可以將神保町的街景盡收眼底，至於正面與左側的客人則都是成年人。雖然春雪感覺不到他人的目光，但Aqua Current肯定正在某處觀察……

一想到這裡，就有一陣滴滴作響的微小電子音效擾動聽覺，幾秒鐘後又響了一陣。春雪這才注意到，聲音是來自桌上的那個白色購物袋。

第三波鈴聲響起時，春雪才戰戰兢兢地將手伸進購物袋。他碰到了一個薄薄的板狀物體，隨即將那玩意兒輕輕拿出來一看，發現是一個黑色的平板型裝置——據說是在神經連結裝置普及前極為盛行的多用途攜帶式終端機之一。約有七吋大的EL螢幕上，顯示著一個視窗與螢幕小鍵盤，視窗上只寫著一句話：【輸入名字】。

春雪反射性地打上有田兩字，接著才趕緊按下倒退鍵刪掉，重頭來過。這回輸入的字串當然是【Silver Crow】。

他的手指才剛碰到Enter鍵，畫面立刻切換，同時響起一陣音色與先前不同的電子音效。看到接著顯示出來的影像後，春雪不由得小小地倒抽一口氣。

「……！」

他看見一名少年，那人有著亂糟糟的頭髮、角度欠缺氣勢的眉毛、圓滾滾的眼睛與胖嘟嘟的臉頰——不是別人，正是春雪自己，影像是用設在裝置上方的小型攝影機拍下來的。這張照片才剛消失，又冒出下一個視窗：

【報酬我收到了。委託的任務從十三點四十分開始，做好準備，直接在原地待命。】這段新的文字也在短短十秒鐘之內就消失了。裝置自行關閉電源，螢幕也轉為全黑。

春雪下意識地將平板型裝置放回原來的購物袋，明知為時已晚，還是不由得會納悶。

——為什麼？這位神祕保鏢超頻連線者「Aqua Current」為什麼要做這種事？

柳橙汁正好就在這時送來，春雪大口大口地喝著，一口氣喝掉半杯左右，靠著這些燃料讓腦袋全速運轉。超頻連線者的本名與拍到長相的照片，在加速世界確實是重大無比的資訊，一旦洩漏出去就再也無法挽回，隨時可能會在現實世界遭到一群被稱為「物理攻擊者(Physical Knocker)」——簡稱ＰＫ——的不法集團襲擊，導致所有超頻點數都被搶走。只要有管道，這些資訊應該可以賣到好價錢。

但會來委託Aqua Current的人，都是點數即將耗盡，而且頂多只有2級的新手，沒有任何例外。這樣的超頻連線者根本不值得當成ＰＫ的獵物。還是說，這人想「把豬養肥了再殺」？先掌握對方的照片，幫對方把點數賺到安全範圍，然後再轉賣給ＰＫ集團？

可是拓武昨晚對春雪還說過另一句話，Aqua Current護衛過的超頻連線者當中，沒有任何一個人曾在現實世界受到襲擊。換個角度來看，這種事情只要發生一次，Aqua Current身為保鏢的信用立刻會一落千丈，多半再也不會有人來委託。

到頭來，他為什麼要堅持當保鏢，而且還要求個人資料作為報酬，仍然是一團謎……

想到這裡，時刻已經來到三十五分。下腹部再度湧起緊張感，同時還傳來另一種信號。

「糟糕……」

春雪趕緊環顧店內，找到廁所的標示後立刻起身。對戰時基本上不會受到現實身體的生理需求影響，但能先處理的需求就該先處理好，這是超頻連線者應有的美德。

他把脫下的外套掛在椅背上，快步走向廁所。心想社會資訊化都進展到這地步了，讓人能在連線時排出多餘水分這點小事也差不多該要能做到了吧……

也不知道是因為腦袋想著這些無聊的念頭，還是因為習慣性駝背低頭走路，又或者是因為神經連結裝置沒有連上全球網路，也可能這一切全都是原因——春雪正要走進標示通往廁所的通道，卻晚了一步才發現有個人正要從轉角後面走出來。

對方在離他一公尺的距離停住，所以只要春雪確實目視前方，應該就能避免撞上對方。然而春雪卻低著頭想事情，等到咖啡色短靴的鞋尖進入視野，才總算察覺事態不對，小聲驚呼：

「啊……！」

他趕緊嘗試緊急煞車，但現實中的身體實在太笨重，讓他無法徹底控制慣性質量。看見春雪原地踏步，對方迅速往左挪開一步。如果春雪繼續前進，頂多只有自己一個人會輕輕絆上一跤——本來應該是這樣。

但春雪好死不死，偏偏在對方做出動作的時機，同樣嘗試改變行進方向。春雪陷入輕微恐慌，試圖拉回原來的路線，但就連這個動作也適得其反，讓本來要往左前方跨出的左腳被右腳給絆到了。之後他唯一能做的，就是以媲美藍色系對戰虛擬角色衝撞攻擊的動作往前撲……

如果要以文字來形容，就是一連串又飛又飄又暈的感覺。而春雪就在這一連串感覺中，把對方也拖下水，在通道裡重重跌了一跤。

——如果，如果可以，希望上蒼至少別讓我撞到以下這些人。①任何老年人。②任何女性。③任何很凶的人。

從不遠處發出的聲音聽來，春雪全心全意的祈禱顯然落了空，對方屬於②號人種，之後他也只能祈禱對方別同時還滿足條件③。春雪讓緊貼在對方身上的身體往左滾動，背部用力蹭上牆壁起身，以幾乎不成聲的嗓音道歉：

「……好痛……」

「對……對不……對不……對不起……！」

就在被不知道汗水還是淚水弄得模糊的視野中央，這名與春雪撞個正著的對象也總算坐起上身。當時對方都已經停步，所以顯然是我方未注意前方人車外加超速與不專心駕駛，過失比例是十比零。而且那位女性怎麼看年紀都跟春雪差不多，頂多大上一兩歲——也就是最容易讓他引發溝通衰竭症狀的人物。

她的體型相當苗條，穿著灰色的海軍外套與緊身牛仔褲，頭髮短短的，髮梢往內捲翹。小小的臉上戴著這年頭少見的紅色塑膠框眼鏡，是個怎麼看都跟書本——尤其是紙製精裝本——非常搭調的女生。

春雪內心微微鬆了一口氣，心想看來她應該不是③號人種，同時深深低頭道歉：

「真的很對不起，我沒注意看前面……」

「……沒關係。」

戴眼鏡的女生只短短說了一句話就站了起來，視線往四周掃動，接著將手伸向春雪身邊的地面。春雪注意到那方向有個小小的單肩包掉在地上，反射性地就要伸手去拿。

結果她小聲驚呼：

「啊，不行……」

「咦？」

春雪震驚之餘，又犯下了更嚴重的失誤。由於他是抓著包包底部拿起，導致包包翻開，從中滾出一個小小的板狀物體。

「對、對不起……！」

第三次的道歉像打嗝似的梗在春雪喉頭，他立刻再次伸出左手要去撿起掉在地上的東西。

「……！」

結果不知道怎麼回事，這個女生也急促地吸一口氣，迅速蹲下去要搶，但癱坐在地上的春雪卻快了一步。他撿起來一看，發現是這年頭少見的行動上網裝置，跟著沒多想就要將這個小得可以用手掌包住的機械放回去，卻瞥見了螢幕上所顯示的畫面。

「…………咦？」

春雪不由得小聲驚呼。

或許是動態感應器偵測到掉落的衝擊而解除休眠，導致螢幕畫面一直在閃動。這點沒什麼好大驚小怪的。問題是畫面視窗內所顯示的照片。春雪湊過去盯著畫面猛看。

「請還給我。」

她小聲這麼說，伸手要拿回裝置，但春雪下意識地縮手不讓她拿。因為螢幕上顯示出一位少年的大頭照——他的頭髮蓬鬆眼睛圓圓臉頰胖胖，簡直土得可以。這張照片怎麼看都只可能是一個人，那就是有田春雪。

「這……怎麼……為什麼……」

春雪雙手捧著裝置，茫然抬頭看著這名戴眼鏡的女生。那張小小的臉當場僵硬，眼角連連顫動。女孩將裝置從春雪手上搶走並放回包包裡，但並未離開現場。

純就可能性而論，或許是這個女生對春雪一見鍾情而偷拍他的照片——這種事也不是完全不可能。話雖如此，這個推測就是真相的機率，就跟明天有巨大隕石落下導致地球生態系滅亡的機率差不多。也就是說，她多半……不，肯定就是……

照春雪剛剛的分類，這名看上去就顯得非常喜歡書的眼鏡少女不但屬於「②女性」，同時更是「④超頻連線者」。

先前放在春雪座位桌上的平板裝置，就是她在廁所用這玩意兒從遠端操作。然後她把用平板裝置攝影鏡頭拍到的照片傳到隨身裝置上，從廁所走出來時卻被春雪撞個正著。

既然如此，她應該就是拓武口中那位救星，有著「保鏢」、「唯一的一」等綽號的傳奇超頻連線者——

「…………『Aqua Current』……小姐？」

聽春雪小聲這麼說，眼鏡少女抬頭看看天花板，整個背往牆上一靠。

4

總之，春雪還是先去男廁解決了該做的事，緊接著眼鏡少女就二話不說把他帶到原來那張桌子旁。

她在春雪對面坐下，默默投來半翻白眼的視線。春雪根本不敢跟她對看，只好把肩膀跟脖子都縮到極限，以試探的眼神頻頻瞥向她。

在明亮的地方仔細一看，就發現這名戴著眼鏡的女性雖然服裝與髮型都很低調，卻有一股會讓人眼睛一亮的神祕氣息。也不知道用顏色很深來形容她的眼睛是否貼切，但就是令人覺得難以看穿，顯得深不可測。而且，這對眼睛更有著一種讓他聯想起某人的壓力……

這時，這個女生——說來她多半比春雪高了一兩個年級——忽然伸手從包包裡拿出一個圓盤狀物體。圓盤側面露出兩個銀色的接頭，是附捲線器的XSB傳輸線。

她發出輕快的聲響拉出一邊接頭，撥起朝內捲翹的短髮，插到顏色近似眼鏡的暗紅色神經連結裝置上。接著又拉出另一個接頭，從桌上滑到春雪眼前。

「……咦……請問……」

春雪也不敢動手，視線在接頭與她身上來來去去。

在這個狀況下，他覺得這個物體只有一個用途，就是插在自己的神經連結裝置上。但這是所謂的「有線式直接連線」，在公共空間進行直連行為，等於宣告兩者之間有非比尋常的關係。他想忘也忘不了，就在國小五年級的一次午休時間，班上第一美少女與春雪背靠背坐著，卻有個愛鬧的同學突然惡作劇，把他們兩人的神經連結裝置直連在一起，弄得這個女生嚎啕大哭。說穿了直連就是這麼回事，說起來大概也就只有黑之王擁有這樣的膽識，敢跟春雪在公共場合直連……

——對喔，她很像黑雪公主學姊……不是外表，是散發的氣息，或者說魄力……

一想到這裡，春雪伸出手去抓住接頭。

他心想「這應該是我最後一次跟學姊以外的人直連吧」，同時把接頭插到神經連結裝置的插孔上。

一串警告有線連線的紅色標語在視野中閃爍了幾下之後消失，一秒鐘後，腦子正中央傳來一個纖細、可愛，卻又十分堅毅的思考發聲：

『……我正在評估兩種可能性說。我在想，你會不會是個演技非常高超的狠角色，為了查出我的身分才故意撞我……還是說，你是個不折不扣的冒失鬼？』

『呃……』

春雪發出的第一聲顯得自己很狀況外，於是他趕緊補充說明：

『答案當然毫無疑問是後者，只是我一時也想不出什麼方法可以證明……』

仔細想想，這句台詞本身就已經相當冒失。由於笨手笨腳不可能是故意的，即使他當場故意打翻裝柳橙汁的玻璃杯，也完全沒有證明的效果，只會平白讓對方更加起疑。春雪雙手食指互搓，拚命轉動腦袋，這才輸出了接下來的話：

『……呃，這說來也不是什麼證據，不過我的點數餘額會告急，理由就是，這個……我被點數超過300的感動沖昏了頭，當場按下升級按鍵……』

說到這裡，他又朝對方的臉瞥了一眼。少女——想來多半就是「Aqua Current」——好一會兒表情不為所動，但最後還是輕輕點頭回答：

『如果這是事實，倒還有點說服力。我原先一直想不透，這兩週來對戰勝率高達七成以上的「Silver Crow」，為什麼會突然瀕臨退場邊緣說。』

『妳……妳聽說過我？』

春雪不由得上半身猛力往前探，肚子卻撞到桌子的邊緣，這陣衝擊讓杯中果汁還剩三分之一左右的玻璃杯猛然一晃。少女迅速伸手扶住杯子，同時發聲表示：

『現在加速世界裡沒聽過你傳聞的，我想應該也就只有你自己了說。』

『咦……哪哪哪哪裡，也沒那麼有名啦。』

春雪正覺得不好意思，伸手想搔搔後腦杓，可愛的思考發聲卻繼續擾動他的聽覺。

『唯一的完全飛行型角色。看似以智取勝派，其實很容易衝動。很怕跟女性型對戰虛擬角色近戰。會用狡猾的手段，可是自己也少根筋。』

『……』

春雪那上揚的嘴角當場僵住。少女拿起新點的大吉嶺紅茶，朝他瞥了一眼。

『看樣子你跟傳聞中一樣，我就判斷剛剛你的舉動也是出於真正的冒失說。』

『…………』

——這算是值得高興的場面吧？嗯，一定是。

春雪這麼說服自己，眼睛卻拚命冒汗。

眼鏡少女喀一聲將杯子放回碟上，對春雪心中這些掙扎顯得毫不在意，微微挺直腰桿說：

『雖然狀況出乎意料，不過我還是先打聲招呼說。我是「Aqua Current」。根據契約，我會負責保護你，直到你的剩餘點數回到最低限度的安全範圍——超過50點為止。』

『啊……好、好的，要麻煩妳費心了！我是「Silver Crow」。』

春雪很有禮貌地低下頭。看在旁人眼裡，多半覺得這幅光景有些奇妙——確實也有許多狀似國高中生的少年少女目光不時瞥向他們——但他沒有心思去管這些。對春雪來說，這位不可思議的少女就是最後的救生索。對方是加速世界唯一的保鏢，而且是委託失敗率零的高手……

『咦，奇、奇怪了。』

這時春雪才總算注意到某個一開始就該想到的矛盾。

『請問一下，我聽說過很多Aqua Current小姐的傳聞……』

『叫我「可倫」就可以了說。』

『那、那也請妳叫我「Crow」就好……不，我不是要說這個。我本來一直以為可倫小姐是男的……告訴我有妳這麼一個人的朋友似乎也這麼以為……』

沒錯，記得拓武在提到Aqua Current的時候都是用「他」這個代名詞。而且光是講到本領高強的保鏢，就會讓春雪聯想到穿著搶眼西裝的肌肉男——儘管中學生裡根本不可能有這樣的人物——卻沒想到對方會是個很適合待在書店的少女，這到底是怎麼回事？

但Aqua Current，簡稱可倫的這位少女，卻輕輕聳了聳肩，彷彿在說這沒什麼大不了。

『因為我的對戰虛擬角色從外觀上，很難看出是男性型[M]還是女性型[F]……而且，我一直都沒講過自己是女的說。』

『……咦？這、這話是什麼意——』

春雪一時瞠目結舌，忍不住盯著可倫小小的臉龐看，接著他更萬般無禮地凝視臉部下方二十公分左右的部位。然而她身上穿著質地硬梆梆的海軍外套，只靠視覺資訊實在無法判斷。

——不，我幾分鐘前才一頭撞上人家胸口，只要重新播放當時的觸感，就能知道答案了。

想起來吧！回來啊，我的記憶！

這些差勁透頂的思考應該並未透過傳輸線流過去，不過可倫卻露出有些冰冷的眼神說：

『雖然比預計時間晚了五分鐘，不過我們就從現在開始搭檔對戰說。如果只在這個千代田戰區就達到目標點數，任務便當場結束。要是找不到對手，就移動到鄰近的秋葉原特區繼續。有任何問題嗎？』

要說他腦子裡沒有絲毫「如果這時候問『妳是什麼罩杯』會怎樣」的念頭，那就是在說謊了。所幸春雪成功通過意志力豁免檢定，默默猛力搖頭。

『沒、沒有我沒有問題……要要要要請妳多費心了。』

『那我們先互相把對方登錄成搭檔，連上全球網路後立刻加速。』

『好好好的！』

春雪連連點頭，先打開BRAIN BURST的操作畫面，將「Aqua Current」設定為搭檔。看到可倫點頭後，再按住神經連結裝置的全球網路連線鈕。連線標語閃爍在視野當中，隨即轉換成仿地球圖案的確定已連線圖示，接著春雪立刻不出聲地喊出：

「『超頻連線』！」

接下來就要展開真正如臨深淵，一戰決定生死的最後決戰。

但就連世界凍結成藍色的這一瞬間，佔據春雪思考迴路的，卻仍舊是一個深沉的疑問——

這個人到底是男是女？

要開始「對戰」有兩種方法。

一種是在連上全球網路或區域網路的狀態下「加速」，打開對戰名單，從連上同一網路的超頻連線者名單中任意選擇對手，按下「DUEL」按鍵。

第二種，則是在登錄進對戰名單的狀態下，等其他超頻連線者找自己對戰。說穿了，就是找人挑戰或等人來挑戰。

前者的優點是可以挑選能力或個性上比較好應付的對手來戰，但一開始加速時必須花費1點超頻點數，打輸是不用說，即使打成平手，收支上也是負的。用上個世代遊樂場中所存在的對戰格鬥機台來比喻，就是「投了幣還輸掉」。

相較之下，後者雖然不需要耗費點數就可以享受對戰的樂趣，但原則上對手都是判斷有勝算才會來挑戰。如果能反撲成功固然非常痛快，但現實是殘酷的。就春雪這兩週所進行的對戰而言，他主動挑戰的勝率將近八成，接受挑戰時卻只有六成左右。以新手來說，這樣的數字極為出色，但這有很大一部分是靠經驗豐富智謀出眾的搭檔「Cyan Pile」幫忙，以及對方還不太曉得該怎麼應付加速世界中首次出現的「飛行能力」。最近幾天，對手多少習慣了Silver Crow的翅膀，他的勝率也開始慢慢降低。

考慮到以上的理由，春雪也能夠理解保鏢「Aqua Current」為什麼之所以寧可要他消耗1點點數，也要主動選擇第一戰的對手。因為這一戰他非贏不可。要是輸給等級相近的對手而被搶走10點，這一瞬間春雪就會喪失他的超頻連線者生命。

所以從春雪的角度來看，自然以為是要仔細評估對戰名單，哪怕只有些微的差異，也要儘可能挑出比較打得贏的對手，然而——

可倫以「戴著眼鏡的水獺」這種同樣難以看出性別的虛擬角色，出現在蒼藍通透的「起始加速空間」中。這人也不在意春雪的粉紅豬虛擬角色造型，只是朝名單瞥了一眼，便隨手往名單中段點去。此時他們兩人都還繼續沿用平常設定成完全潛行用的虛擬角色，所以無法得知對方性別或其他資料。

「咦，那個，等等等等——」

春雪胡亂揮動長著黑蹄的雙手，拚命想阻止對方。所幸水獺在即將碰到視窗時停手，將那副與現實世界中十分相似的紅框眼鏡轉過來面向他。

「請、請問一下，對戰名單是按照等級順序排列的吧？可可倫妳剛剛是不是想選中段的對手……？」

「是啊，這有什麼問題嗎？」

「因因因為會出現在中段，不就是有3、4級的高手嗎！」

對於春雪拚命的呼喊，可倫只是微微聳肩，若無其事地回答：

「這種時候選擇同等級的對手並沒有好處說。你2級，我1級，所以應該挑選合計等級至少6級的搭檔來打。這樣一來，就算打輸，你的點數也不會扣到零。」

「這……理論上是這樣沒錯啦……」

春雪呆呆地說出這句話之餘，再度想起拓武說過的話。

本領高強的保鏢「Aqua Current」有個綽號叫做「唯一的一」。理由就是儘管這人的資歷相當深，等級卻維持在1級……

但仔細想想，等級只有1級，卻擁有足以保護任何委託人的實力，這真的有可能嗎？而且為什麼要維持在1級？只要等級上升，不但HP會增加，還可以自由選擇必殺技、特殊能力、武裝或強化能力等各種加成。只要記得留下夠多點數，升級應該沒有壞處……

春雪想到這裡才注意到一件事，驚覺地瞪大雙眼：

「可倫……這個，請問一下，妳之所以留在1級，是為了降低搭檔時的合計等級……？跟人搭檔的時候……合計等級愈高，獲勝時得到的點數愈少，打輸時掉的點數也愈多。妳就是為了防止這種情形……就是為了這些妳根本不認識，快要掉光點數的新手，才一直留在1級……是這樣嗎……？」

春雪以沙啞的聲音問出這個問題，眼鏡水獺的表情絲毫不為所動，又聳了聳肩膀：

「這只是理由當中的一半說，另一半……將來有一天時候到了我再告訴你。這一天也許會來，也許不會。如果你今天就掉光點數，那就永遠不會來了說。」

「……說、說得也是。」

再度湧起的緊張感讓春雪動了動豬鼻。可倫重新將右手伸向對戰名單，同時說道：

「這個時候我跟你的名字已經登錄到對戰名單上了說。雖然我們講這些的空檔不到一秒，但還是可能會有人碰巧跟我們同時加速，找我們挑戰。若變成這樣，你寶貴的1點就白花了。」

「啊……對、對喔，的確是……」

「這個搭檔雖然各是3級跟4級，但兩個人我都很熟。不是你最不會應付的紅色系遠程狙擊型，而且他們的點數也相當充裕，應該會放開心胸打。只要你能保持鎮定發揮實力，一定不會輸……大概。」

——她真的很了解我，而且還是真心想幫我。雖然我對她還有很多地方不了解，像是她為什麼要維持在1級，為什麼要求身分資料當報酬，又是出於什麼動機而當起「保鏢」等等……可是……我還是該相信她。我應該相信她，然後全力以赴。

即使打輸，即使失去BRAIN BURST，至少也不要留下遺憾。

到了這個關頭，春雪才感覺到自己心中產生了一股經過濃縮的小小覺悟。

春雪深深吸一口氣，握緊豬型虛擬角色的雙手，點點頭說：

「我……會好好打。」

「要維持平常心說。雖然這一戰不能輸，可是最重要的不是獲勝……」

「是要樂在其中。」

春雪這麼一插嘴，可倫鏡片後方的雙眼便微微睜大。春雪搓了搓鼻頭掩飾難為情，同時補充說道：

「這是我的『上輩』教我的。她說，我現在應該去享受每一場對戰的樂趣。」

「……這樣啊。」

Aqua Current點點頭，一瞬間露出不可思議──不知道是不是錯覺，春雪覺得那是緬懷過去的表情──點上對戰名單。

「要開始了說。」

她短短地說出這句話，按下開始對戰的按鍵。

凍結呈藍色的世界與兩隻動物型虛擬角色頓時消融在光芒中，春雪的意識隨即飄往陌生的對戰場地上。

5

Aqua——「水的」。

Current——「流動」。

超頻連線者被賦予的名稱，多半都會直接代表虛擬角色外觀上的特徵，但春雪仍然不由自主地認為，形容得這麼直截了當的例子還真是少見。

春雪才剛化身為白銀的有翼虛擬角色「Silver Crow」落到場中，便立刻往旁邊看去。而他視線所捕捉到的，是個輪廓上沒有明顯特色的纖瘦身影。

身高應該頂多比Crow高一點吧。雙手雙腳都很修長，身上也沒有任何像是武器的配備。

不，或許該說全身都施加了特殊配備。

因為Aqua Current的全身從頭到腳，都裹在一層高速流動的水流薄膜之中。水從肩膀流往雙手，從胸部流往腰部、雙腳，於四肢末端形成水的管路，更在後方畫出大大的弧線上升，從頭部後方再度包覆整個身體。換句話說，可倫的裝甲就是永遠循環流動的「水流」。

水流應該只有兩三公分厚，但不管怎麼凝神觀看，依舊無法看見裡面的虛擬角色本體。在

「腐蝕林」場地的泛綠色環境光源照射下，水流也映出了淡淡的綠色光芒，的確就如拓武所說——「不是水色，而是水的顏色」。而且從體型也很難判斷這個虛擬角色到底是男是女。

春雪花了兩秒鐘左右觀察到這裡，接著可倫就對他發出低沉的第一聲：

「離接觸還有兩分鐘。敵方搭檔從御茶水站方面沿著明大大道南下。」

這句話也同樣加上了很強的濾波特效，聽不出性別，而以血肉之軀說話時那極具特色的語尾「說」字也已經消失。要不是春雪偶然在現實世界的廁所前面跟她撞個正著，相信完全沒有理由懷疑可倫是女性。

「是、是啊……對方直線殺過來了呢。」

春雪點點頭，把思緒拉回對戰上，瞪著視野正中央的水藍色三角，也就是「導向游標」。

現在，他們兩人站在位於神保町駿河台下路口西南側的大型書店——所轉化而成的巨樹之上。雖說是樹木，卻不是「原始林」場地那種壯觀的闊葉樹，只有細小的枝葉從半腐朽的等粗樹幹上延伸出來，輪廓十分簡陋。

眼底是東西向的靖國大道與南北向的明大大道交會的大型路口，但有八成左右的地面都覆蓋著一層紫色的噁心黏液，不時還冒出氣泡，是不折不扣的「毒沼澤」。這腐蝕林場地有著非常棘手的屬性，光是踩進毒沼澤都會導致體力計量表扣損。

由於是搭檔戰而有兩個的導向游標，仍然維持著幾乎重疊的狀態指向北方，相信對方應該還在沿著從御茶水開始呈平緩下坡的明大大道筆直南下。由於有許多像是生病麵包樹所形成的樹林遮蔽，因此看不見對方的身影，不過對方搭檔當中，似乎有一方對毒沼澤並不怎麼在意，始終往前衝刺，遇到也只大概繞開。視野上方並排的對方搭檔體力計量表當中，有一條正微微減少。

「……的、的確有種要放開來打的感覺啊……」

春雪輕聲咕噥，轉而查看對方的名稱。4級的是「Nickel Doll」，3級的是「Sand Duct」，這兩人他都沒見過。春雪本來以為這時應該先利用居高臨下的優勢收集情報或展開突襲，但可倫卻讓他的期望落了空，輕聲說道：

「我們下去。」

「好……好的。」

春雪也不敢拒絕，只好照做。由於本來待在大樓的七樓，從樹頂到地面看似有二十公尺以上，但身上包著水膜的虛擬角色卻想也不想就往前進，緊貼著垂直的樹幹「流下去」。春雪看得瞪大眼睛好一會兒，接著自己也趕緊往空中踏了出去。

他的必殺技計量表還是零所以不能飛行，但可以張開翅膀滑翔。春雪沿著螺旋軌道下降，幾乎與可倫同時抵達地面，並且選了個沒有毒沼澤的地方著地。

朝著明大大道的上坡看去，不到十秒就傳來一陣沉重的腳步聲。看樣子至少有一方是相當有份量的對手。但不知道為什麼，導向游標明明指著同一個方向，卻聽不見第二人的腳步聲。

理由立刻就揭曉了。

從本是大型運動用品店的腐朽麵包樹後面，如春雪預期般衝出一名身高將近兩公尺的超大型虛擬角色，另外還有一個超小型的虛擬角色坐在他左肩上。

「久等啦～！」

坐在肩上的虛擬角色以可愛的少女嗓音喊出這句話。她的身高頂多只有一公尺左右，全身是有點偏白的銀色，雖然不像Silver Crow的裝甲有那麼高度的鏡面處理，卻也明亮地反射出綠色的環境光。她配備有長髮型部件與寬大的裝甲護裙，再搭那上嬌小的身形，實實在在就像個人偶。相信她無疑就是4級的「Nickel Doll」。

銀色人偶發出開朗的第一聲後隔了一會兒，改以略顯不滿的聲調說下去：

「……說是這麼說啦～不過明明是你們來挑戰，卻還等我們跑過來，這樣太詐了啦！害我們浪費整整兩分鐘耶！」

「對、對不起……我對這一帶的地形不熟……」

看見春雪不由自主地搔著後腦勺道歉，把人偶扛在肩上的巨人發出沉重的笑聲：

「呵，用不著道歉。因為你們呆呆站著的時候，我們也破壞物件存到了計量表。」

「嗚！」

春雪趕緊看看對方的計量表，立刻發現那條藍色計量表已在他不知不覺間累積到了三成左右，這個優勢相當大。

這個多半就是3級虛擬角色「Sand Duct」的巨人名副其實，有著表層粗糙的沙色裝甲。而最引人注目的地方，就在於雙手手腕上方的方形大洞。如果這種洞名副其實是通風口（Air Duct），應該就有排出或吸入空氣的能力。不管是哪一種，都得小心在意。

春雪將這個念頭銘記在心，此時不知不覺間已經站在他身後的可倫小聲說：

「Duct由我來應付，你去對付Doll。她會從雙手放出電流，小心別被她抓住。」

「啊啊，哪有這樣洩人家底的啦！」

照理說可倫說話的音量應該不會讓敵人聽見，但Nickel Doll似乎聽力很好，憤慨地這麼大喊。讓她坐在肩上的Sand Duct重重舉起巨大的右手說：

「不愧是『保鏢』，情報力果然不容輕視。很抱歉，我可不能再讓你們討論下去了。」

他發出呼呼作響的低沉吼聲。春雪才剛感覺到一股氣流吹來……

「『沙塵暴（Sand Blast）』！」

就在轟隆巨響般的招式發聲中，一陣沙色勁風從他右手通風口施放出來。春雪趕緊縱身往右跳開，卻又顧慮著要避開毒沼，動作因而慢了那麼一步。就在他剛感覺到左手手掌以下遭勁風吞沒的瞬間……

「哇痛痛痛痛！」

春雪手上傳來一陣被無數尖針戳刺的感覺，忍不住大叫一聲。他舉起好不容易脫離勁風的左手一看，原本閃著銀色鏡面光輝的裝甲，有一部分已經像被沙紙磨過似的，變得十分黯淡。想來那股勁風裡多半含有細小的沙粒，即使碰上金屬色的裝甲，也照樣能造成損傷。只不過短短一瞬間，體力計量表就減少了百分之三左右。

春雪擔心緊貼著站在他左後方的Aqua Current是否平安躲過這招，於是轉頭一看，登時就因為第二次的震驚而驚呼出聲：

「咦……」

可倫擺出雙手交叉的防禦架式，直立在沙塵暴當中，體力計量表卻文風不動。仔細一看，擔任Sand Duct招式傷害來源的沙粒，全被包覆住可倫全身的水流吞沒，只在外頭循環而傷不到虛擬角色本體。

沒過多久，巨人的必殺技計量表耗盡，沙塵暴止息，可倫隨即若無其事地放下雙手說：

「微小粒子系的攻擊對我不管用——還給你。」

可倫想也不想便舉起右手，只見混在其全身水流中的沙粒就這麼朝右手聚集過去。這隻手往下一揮，混有沙粒的水流立刻化為長槍，刺向Sand Duct的左肩——也就是Nickel Doll所坐的位置。

「呀啊～！」

都這個時候了，Doll還發出可愛……又或者該說是故意的尖叫，從Sand Duct肩上跳了下來。接著又有第二道、第三道沙流長槍繼續攻擊這嬌小的虛擬角色，至於Doll本人則是不斷發出「呀啊啊！」、「哇啊啊！」的尖叫聲，同時以驚人的敏捷身手躲過這些攻擊，在四處都散佈著毒沼澤的地面上跳著一個又一個的島狀乾涸地面移動。

春雪看著眼前令他啞口無言的光景好一會兒，這才驚覺到是怎麼回事。可倫是故意只攻擊某些地方，以拆散對方的搭檔。也就是說，這時他該負責的工作就是去追擊Doll。

——再自亂陣腳也不是辦法。這種時候該做的事情只有一件——忘記自己只剩下7點這件事，全力奮戰。也就是像平常那樣，盡情「對戰」。

「唔……喔喔！」

春雪短吼一聲，朝著十五公尺外的Nickel Doll猛衝。他留意著不要碰到毒沼，同時目光始終捕捉著敵人的身影。此時，左側的可倫似乎也逼近Sand Duct展開了肉搏戰。

忽然間，上方傳來多達幾十人份的歡呼聲。

是「觀眾」。基本上在觀看對戰時有個規矩——在戰鬥真正開始前，盡量不要大聲打擾對戰者之間的談話。相信就是因為這一點，他們才會忍到現在。歡呼聲中之中，還聽得見有人在喊「飛呀烏鴉～」。原來，就連離杉並（主場）很遠的神保町，也有人已經聽過春雪這號人物。

春雪彷彿受到了這些歡呼聲鼓舞，才剛在Nickel Doll等著的陸島落地，就使出一記犀利的右迴旋踢。

「唉喲！」

身高只有一公尺左右的人偶型虛擬角色彎腰躲過這一腳，但春雪早已料到她會有這樣的動作，在空中改變踢腿的軌道，改成往正下方的腳跟下壓踢。Doll本想以過人的反應再閃，但這一腳踢中了她寬大的裝甲護裙，迸出金屬色材質互擊時特有的耀眼火花，同時削減了她的體力計量表。

「好過分喔！」

她尖叫的聲音令春雪想起他最愛的舊世代遊戲人物，令他打起來礙手礙腳，但現在他沒有立場裝出老神在在的模樣收手。畢竟對方是4級——師父黑雪公主口中跨越了「第一道門檻」的強者。

「對不起！」

春雪道歉之餘，仍然毫不間斷地以雙手雙腳展開猛攻。Silver Crow除了背上的翅膀以外，沒有任何特殊攻擊，但這兩週來他已經學到一件事，那就是輕量所帶來的速度，以及有堅硬裝甲包覆的拳腳，都是非常管用的武器。

但話說回來，Nickel Doll也同樣擁有小型輕量與金屬裝甲這兩項武器。不時淺淺掠過的攻擊雖然迸出亮麗火花，造成的損傷卻沒有多少。看樣子除非冒險做出大動作，不然實在很難指望能造成有效損傷……

想到這裡，Nickel Doll便彷彿看穿了春雪內心的急躁，突然衝進他內門，以嬌小的雙手分別按住春雪的雙手。

——太嫩了，我還有頭錘這一招呢！

春雪正要猛力將包在堅固頭盔當中的頭部後仰，可倫的那句話卻在耳邊繚繞。

……她會從雙手放出電流……

「——————！」

春雪不及細想，立刻停止頭錘動作，猛力往後跳開。就在雙手分開的同時，他看見Doll手掌中央的圓形配件碰出強烈的電光。Silver Crow微微觸電，一瞬間的衝擊竄過全身。

春雪確認體力計量表的損耗壓在百分之五以內後，於隔壁小島落地。

「好險……」

春雪正喃喃自語時，Doll就可愛地跺腳嚷著說：

「啊啊～！竟然跑掉，這樣太奸詐了啦！虧人家還想說要抱得你發麻呢！」

「我……我心領了。」

春雪連連搖頭，再次查看雙方的體力計量表。Silver Crow還剩下九成，Doll則已經低於八成；在離他們有段距離處打鬥的Sand Duct也剩下八成左右，Aqua Current竟然幾乎全滿。春雪非常想看那位傳奇保鏢怎麼打鬥，但現在他得專心對付眼前的對手才行。

Nickel Doll搖動兩邊垂下的電棒捲銀髮，哼了一聲，但緊接著又在小小的面罩上露出誘人的微笑。

「我說啊，你就是最近在新宿那一帶出現的完全飛行型小弟吧？」

「咦……是，是沒錯啦……」

春雪充滿戒心地點點頭，接著這名銀製西洋玩偶似的虛擬角色便露出更加勾人的笑容，對他輕聲細語：

「你為什麼跟『保鏢』搭檔？該不會是點數告急了？若是這樣，你要不要加入我們這邊？到時候，要多少點數我們都借你！」

「咦……」

春雪不由得全身一僵，Doll揚起裙擺縱身一跳，跳到同一個島上。她順勢側身走近，繼續說著甜言蜜語：

「而且你想想看，我們皮膚的顏色也很相似呢。只要組成搭檔，到時候整個加速世界一定都是我們的傳聞喔？而且老實說，我才不想跟那個沙男搭檔呢，誰教他皮膚那麼粗糙。可是你看看，你的皮膚是這．麼．光．滑♡」

不知不覺間Nickel Doll已經來到面前，左手食指更按在Silver Crow胸口畫著圓，這種搔癢似的觸感終於讓春雪停止思考。染上一片淡粉紅色的視野左端有個東西在動，是Doll的右手。她的食指伸得筆直，輕輕碰上春雪左腰……

「…………喔哇！」

春雪在千鈞一髮之際回過神來，猛力跳開。幾乎就在同時，Doll雙手指尖迸出劇烈電光。Silver Crow再度受到衝擊，計量表又被打掉百分之五。

春雪又跳到更後方的陸島上，為自己的純情遭到玩弄而發出怒吼：

「用、用偷襲的太卑鄙了！」

一聽之下，銀色人偶發出尖銳的聲音哈哈大笑。

「唉喲，傷到你的少男情懷啦～？對不起喔～不過要是收你進來，我一定會被軍團長臭罵一頓啊～」

這句話應該是事實吧。因為春雪所屬的「黑暗星雲」，是加速世界情節最重大的懸賞犯——黑之王Black Lotus的軍團，但這對春雪來說卻是最自豪的一件事。他朝對方一指，大喊：

「我才不想跟你們一夥呢！還有，我根本沒有覺得受傷！絕對沒有！」

仔細一想，這種台詞根本就是被刺傷的男人才會講的，但春雪還是強行切換思考，縱身一跳。Nickel Doll似乎也認為胡鬧已經結束，表情轉為嚴肅，發出電擊的雙手穩穩擺好架式。

想來她的雙手大概右手是正極，左手是負極，一旦同時被她用雙手抓住，電流就會通過虛擬角色的身體，造成重大傷害。

Doll以明顯比先前快了一截的速度閃動雙手，試圖抓住春雪。但春雪作勢往右閃躲，卻朝對方並未料到的方向——左邊的毒沼澤——跳了進去。

他雙腳深深陷入紫色的沼澤當中。Doll完全沒料到有這一招，背部暴露在春雪眼前。

春雪泡在沼澤裡，朝距離他一公尺的小型虛擬角色伸出雙手，抱住她苗條的腰部之後，以後翻摔的要領猛力將她往後一拋。

「呀啊啊啊啊！」

Doll這次發出了真正的尖叫，頭下腳上栽進毒沼澤當中。只見一陣顏色令人頗不舒服的煙冒起，她的體力計量表也開始慢慢減少。

Nickel Doll立刻跳起，一確定附近只有春雪身後有陸島，便立刻尖銳地大喊：

「你喔，該不會想跟我同歸於盡吧？我話先說在前面，要比HP總量，4級的我可不會輸給2級的……」

說到這裡，少女卻突然住了嘴，因為她總算注意到某件事——春雪一直泡在毒沼澤裡，體力計量表卻未因此有絲毫減損。

春雪借用先前Aqua Current的口氣，伸出食指指向對方大喊：

「我是『白銀』，毒對我不管用！」

緊接著，遠處麵包樹上成排的觀眾發出了讚賞的聲浪。

沒錯，即使同樣屬於金屬色，特性也會隨著金屬種類而有微妙的差別。原則上，金銀等貴金屬比較不怕特殊攻擊，鋼或鐵等卑金屬則比較不怕物理攻擊，而春雪的銀材質對毒攻擊更是有著絕對的抗性。在現實世界之中，銀離子也因為具備很強的抗菌力，很多殺菌裝置都會用到。

就連這短短的對峙時間當中，Nickel Doll的體力計量表同樣一直在慢慢減少。照理說她也有著金屬色特有的抗毒能力，但由於裝甲本身也比較嬌弱，還是無法完全抵抗。要是繼續在沼澤裡打格鬥戰，即使雙方平分秋色，Doll顯然也會先耗盡體力。

「……原來如此，你之前一直避開沼澤是在埋伏筆，想讓我掉以輕心而造成這種狀況？」

Doll低頭朝幾乎淹到腰部的紫色沼澤瞥了一眼，小聲說：

「你這『金屬色相條』最左端的顏色不是唬人的呢。不過啊，你把鎳當成銀的冒牌貨可就不對了。鎳有很多用途的唷，像是加上氫就可以發電，你說是不是啊？」

一聽到這句話，春雪腦海中立刻靈光閃現。

理化課就有教過，二〇四六年的現在，街上開的EV、電動機車以及神經連結裝置等各種行動裝置，幾乎都是使用輕量．大容量的奈米矽管纖維電池，但一直到二十年前左右，都還有另一種重視安全性的充電電池存在。記得是叫做——對了，就是鎳氫電池。原來Nickel Doll之所以會擁有電擊能力，還有著這樣的背景。

銀色的西洋人偶也不怎麼在意HP於毒沼澤中不斷耗損，淡淡一笑：

「而且銀也是一樣，除了抗菌力以外還有很多種特性，我現在就告訴你。」

說著她雙手立刻嘩啦一聲插進毒沼澤。Doll體力計量表減少的速度變快，但必殺技計量表也同時得到補充，增加到超過七成的那一瞬間……

「『陰極陽極（Anode Cathode）』！」

招式名高聲響起。毒沼澤表面冒出藍白電光，來不及閃躲的春雪當場被部分電光捉住。

啪的一陣劇烈衝擊撼動全身，春雪的視野幾乎變成一片全白，連聲音都發不出來。

「…………！」

他本能地想跳到背後的陸島上，但虛擬身體卻僵在原地不聽使喚。在熾熱得一片泛白的視野左上方，他可以看到自己的體力計量表迅速削減。陷入這個狀況後，春雪才終於發現自己的「在毒沼進行格鬥戰」計畫蘊含了巨大的危險。

雖說是毒沼澤，基本上還是水。而水中所含有的雜質愈多，導電效果就愈好。跳進沼澤的行為，無異於特地把自己跟對方用電線接在一起。

然而——

Nickel Doll腰部以下也浸在沼澤裡，應該也躲不過電擊造成的損傷才是。BRAIN BURST有著全感覺投入型戰鬥遊戲中少見的對自身攻擊判定，也就是說玩家可以攻擊自己，在某些狀況下甚至會把自己也牽連到廣範圍攻擊中。或許Doll認為，即使同時受到電擊損傷，她也能靠HP總量的優勢存活下來，但加上毒沼澤造成的損傷後，計量表先耗完的想必會是她。

春雪短時間內做出這樣的判斷，持續承受著觸電衝擊，並朝對方的體力計量表看了一眼，結果受到更大的震撼。

因為對方的計量表減損速度明顯比他慢。

「呵呵……你總算發現啦？」

Doll說話的聲音雖然略顯難受，但一字一句仍然說得清清楚楚。

「就算同樣觸電，你受到的損傷也會比我大，因為常溫下銀的電阻只有鎳的四分之一。銀這種金屬啊，可是所有金屬之中導電性最好的！」

——嗚，這也就是說，所有金屬色裡面就屬我最怕電擊？

這種事學校都還沒教到啊！所以不是我的錯，要怪也是怪教育部！不對，現在不是想這種事的時候了，得想想有什麼辦法才行……

春雪就在這個說不出話也動不了一根手指的狀況下，拚命運轉著腦袋。

任何必殺技都無法永久持續，只要等下去，電擊遲早會停，但到時候體力計量表應該已經扣掉一大段。不，先不說這個，Doll挨著自己的電擊，能讓剛耗完的必殺技計量表重新得到補充。要是她這波電擊結束後立刻再來一次，根本就無路可逃……

春雪的HP終於跌破五成，計量表變成黃色。看見底下的必殺技計量表幾乎集滿時，他終於想到了下一步該怎麼走。

即使全身因為觸電而麻痺，Silver Crow卻有著唯一一種可以只靠意志力操作的器官。

「…………給我，飛啊……！」

春雪從咬緊的牙關發出細小喊聲，唰一聲可靠的金屬聲響起，折疊在背上的十片金屬翼片一口氣張開。

「啊……！」

就在Nickel Doll驚呼的同時，春雪背上張開的翅膀猛力震動，帶起的風壓推開周圍水面，緊接著Silver Crow就以火箭升空般的勢頭起飛，連還想跟上的電光火花都甩了開去，高高飛上天空。

喔喔喔喔喔……！

這波聲浪多半是來自第一次看到「飛行能力」的觀眾。春雪劃破腐蝕林場地中飄散的霧氣與綠色的燐光，掠過排在腐朽麵包樹樹梢的大群觀眾，繼續往上爬升。最後他終於突破樹林的瘴氣，四周全都換成了蔚藍的天空。

一旦飛到這個高度，對方便再也無法從地面上確實掌握他的位置，春雪任由灑落的陽光在身上照出白銀的光芒，一百八十度轉向，一口氣改成俯衝。

Silver Crow伸直尖銳的右腳，把翅膀的推進力加在重力之上，化為一根飛箭，又或者該說是化為一道雷射，往下衝去。壓縮過的空氣摩擦得腳尖灼熱刺痛，散出橘色粒子，他轉眼之間就衝進綠色的瘴氣，再度掠過麵包樹的樹梢，朝著導向游標所指的目標衝去──

爬上島後一直茫然仰望著天空的Nickel Doll這才回過神來，想往後跳開一大步，但春雪靠雙手與翅膀對軌道做出微調……

「唔……喔喔喔喔……！」

就在卯足全力的怒吼當中，春雪腳尖正中這名體型極小的敵人肩膀。

一陣媲美大規模爆炸的閃光與震動，搖撼了整個空間。

直徑達五公尺的小島瞬間化為窪地，Nickel Doll毫無招架之力，被踢得拖出尖銳的叫聲高高飛起。原本剩下將近六成的體力計量表立刻扣掉一大段，降到不滿兩成的紅色警戒區。

這就是Silver Crow現有招式中最強的一招，名叫「俯衝重擊(Dive Attack)」。算是一擊決勝負的大招，所以一旦被躲開，不但自己會受到損傷，還會好幾秒不能動彈，但由於這招是從正上方筆直下衝，第一次遇到這招時幾乎不可能躲開。這兩週來他之所以能夠打出平均高達七成的勝率，可說全是靠了這一招。

春雪在自己踢出來的窪地裡保持單膝跪地，抬起頭來。從Nickel Doll被踢飛的勢頭看來，相信落地時她會再度受到損傷，說不定會就此分出勝負。

然而——

眼看這個嬌小虛擬角色就要倒栽蔥摔向駿河台下路口中央時，卻有兩隻巨大的手穩穩接住了她。

是「Sand Duct」。看來他暫時放棄了與Aqua Current的打鬥，為了阻止Doll摔死而趕來。觀眾沒想到他這麼有騎士精神，當場歡聲雷動。

Duct的體力計量表也已經低於五成，變成黃色，而與他一對一打鬥的Current竟然還維持在九成以上。也不知道是屬性上就有極大的相剋，還是雙方技術高低的差別……

Aqua Current從路口南側繞過毒沼澤，以滑行般的動作接近到春雪身旁停住，隨即在他耳邊低聲說：

「剛剛那一腳很不錯。」

「謝……謝謝誇獎。」

春雪不由得縮起脖子，但可倫還沒說完。

「可是戰鬥還沒結束。那兩人會組成搭檔應該是有理由的。他們一定會亮出底牌，不可以大意。」

「好、好的！」

春雪剛點了點頭，Nickel Doll就在距離他們十公尺外的Sand Duct肩上憤慨地大喊：

「我真～～的生氣了！『飛行能力』太詐，太詐了啦！」

「妳、妳跟我抱怨這個又有什麼……」

春雪不禁想反駁，Doll卻不容分說地伸出右手食指表示：

「囉唆囉唆囉唆～！既然這樣，那我們也要使出終極豪華的超級必殺技，把你們兩個一起轟掉～！」

「超、超級必殺……」

——BRAIN BURST有這種系統嗎？應該沒有吧？

春雪心裡不由得出現這種念頭，但不管怎麼說，可以肯定對方一定會使出可倫方才所說的「底牌」。春雪的體力計量表也只剩四成左右，如果對方的招式規模夠大，甚至可能一招斃命。而Silver Crow的必殺技計量表已經在剛剛那一下俯衝重擊中全部用掉，不能再靠飛行閃避。於是他放低姿勢，專心觀察敵人的一舉一動。

Nickel Doll左右腳分別踩在Sand Duct的左右肩上，威武地站直身體，尖銳地喊出：

「Sandy，動手！」

「好！」

沙巨人重重應了一聲，舉起備有巨大通風口的雙手，從左右轟然互擊。

「喔喔喔喔喔喔……接招吧，『渦輪分子幫浦(Turbomolecular)』！」

喊出招式名稱的同時，裝備在雙手通風口內的螺旋渦輪葉片也開始高速旋轉，但雙手葉片的旋轉方向卻完全相反。看樣子他右手的通風口有著排氣的能力，左手則有吸氣能力。

「原來如此，我們開打前講的悄悄話會被聽見，是因為他的左手悄悄地吸進空氣？」

聽到可倫的自言自語，春雪也恍然大悟地點頭。這段期間內，空氣仍然在Sand Duct的雙手之間急速移動。然而……

「可是……像他那樣右手吹，左手吸，不就是左進右出……有什麼意義……」

就在春雪歪著頭說出這句話的時候。

Duct猛力張開雙手，春雪才剛覺得他雙手之間呈現出奇妙的蜃景，全身便受到一股強烈的吸力吸引。

「哇……會、會被吸過去……」

他趕緊站穩雙腳，但實在抵抗不住。Silver Crow雙腳在小島上拖出軌跡，整個身體被拖向十公尺外的Sand Duct。身旁的Aqua Current也是一樣，覆蓋全身的水流幾乎有一半被剝開，同時慢慢往前移動。

「哼哼，Sandy的『渦輪分子幫浦』厲不厲害啊？」

Nickel Doll得意的說話聲逆著勁風傳來，看樣子這陣風是精確地只針對春雪與可倫。

「原來……如此。是用雙手的扇葉撥開氣體分子……製造出真空領域？」

可倫儘管被吸過去，卻仍然做出冷靜的分析。春雪不由得嚷嚷起來：

「現現現在不是佩服的時候啦！這這這樣下去，會會會被吸……」

——說到這裡，記得小時候看的全感覺瀏覽版《西遊記》故事書上就有過這樣的場面啊！當時自己好怕被吸進去的那個畫面而嚇得大哭，卻被小百嘲笑。

春雪不由得將思緒全放到逃避的方向上，相較之下可倫則完全不為所動，還放話說：

「不用怕。這風本身沒有攻擊力，就算被吸過去，也只是轉變成接近戰而已。」

「咦……」

春雪不由得視線亂飄，接著連連點頭。

她說得沒錯，兩人雖然身在強烈的風中，體力計量表卻一動也不動，想來這個招式應該是用來把中～遠距離攻擊型的虛擬角色拉過去打接近戰用的。但春雪是完全的近戰型，可倫先前也在一對一的狀態下壓倒Sand，自然不會打不贏。如果雙方距離拉近，他們反而求之不得。

……好，既然這樣，就乾脆利用這陣風賞他一記飛踢。

春雪做出這樣的盤算，開始計算時機，眼睛卻忽然捕捉到一個跡象。

Sand Duct以雙手製造真空現象，而站在他肩上的Nicker Doll卻露出了小小的笑容，與先前她準備在毒沼澤以電流圈套困住春雪時所露出的笑容一模一樣。

Doll突然一彎腰，讓雙手接觸Duct製造出來的真空領域，同時喊出招式名稱：

「『陰極陽極』！」

她小小的雙手之間，迸出啪啪作響的劇烈火花。但這一招的射程距離基本上是零，除非有導體可以利用，不然應該無法對遠處的敵人造成損傷。她到底想做什——

緊接著春雪看到了一幅不得了的光景。

一陣劇烈的電光火花漩渦，沿著從Duct雙手製造出的真空領域延伸過來，直逼春雪與可倫所在之處！

「嗚……啊……！」

春雪唯一能做的，就是發出沙啞的慘叫。耀眼的電光籠罩住被勁風吸住而動彈不得的虛擬身體，接著又是一陣電得他頭昏眼花的衝擊，導致他全身僵硬，連聲音都發不出來。

還剩四成的體力計量表，遭到電流風暴毫不容情地削減。儘管必殺技計量表也得到與損傷成正比的補充，但怎麼看都不夠擺脫這陣勁風起飛……

「『輝光放電（Glow discharge）』。」

這時，Aqua Current忽然輕聲低語。

「在接近真空的低氣壓下，電極之間會產生絕緣破壞現象，導致電流可以在氣體中流動。」

「呵呵呵，這位保鏢可真清楚。」

Nicker Doll雙手劇烈迸出電光之餘，還露出嫣然嬌笑。

「我跟Sandy這招終極豪華組合攻擊，還是第一次在國內公開呢～怎麼樣？就算比不上紫色大嬸的超高壓電弧，我們這一招可也挺管用的吧？」

紫色大嬸……是、是誰啊？

春雪一瞬間產生疑問，但肆虐不已的電光卻電得他連這些念頭都拋開了。

這種組合攻擊不但能靠勁風嚴重阻礙敵人移動，電流的威力也不小；而它最可怕的地方在於——以這樣的招式性能來說，必殺技計量表的消耗速度可說壓倒性地低。如果是單人使出這麼強大的攻擊，即使用掉整條計量表，相信頂多也只能維持五秒鐘左右。然而Sand與Doll的必殺技計量表卻耗損得極慢，燒光春雪所剩不多的ＨＰ都還有找。

這時終於——有一股冰涼的感覺從春雪背脊輕輕竄過。

……我……會輸？我會打輸，會掉點數？

如果是以前的春雪面臨這樣的恐懼，多半會放棄一切癱坐在地，但現在他卻咬牙硬忍。

——就算要輸，也要因為勇往直前而敗。這是現在的我唯一能做的事。

——就算不夠往上飛，也可以往前飛。

剩下的HP還足以讓他穿透這股放電風暴，賞對方一記反擊。那麼自己就應該飛，相信換成是她，也一定會這麼做。來……

飛吧！

背上翼片呼應春雪的意志而微微振動，展開——

「不用怕。」

這時，一個平靜的聲音輕輕觸動春雪的聽覺。

一隻手放上春雪左肩，透明的水流從這隻手的掌心流到Silver Crow身上，密不透風地籠罩住他的全身裝甲。一陣平靜而令人懷念的潺潺水聲，籠罩住整個世界……

忽然間，所有痛楚都消失了。

春雪起先還以為是敵方搭檔的合體攻擊結束了，但並非如此。輝光放電的火花仍然填滿了真空漩渦，不停肆虐。然而，電流卻完全送不到春雪身上。電流完全被這層極薄的水流薄膜阻斷，只能徒勞無功地在表面亂竄。

可是……可是這種情形……

「這不可能！」

喊出這一聲的，是雙手不斷製造真空的Sand Duct。

「水應該會導電！為什麼……為什麼可以彈開電流！」

對此，Aqua Current平靜地回答：

「我的水，是不含任何雜質的『理論純水』。」

「咦……啊……！」

Nickel Doll似乎只聽這句話就猜到怎麼回事，不由得低聲驚呼。可倫點點頭說下去：

「只要水中的雜質為零，就會幾乎完全絕緣。電擊對我不管用。」

在這句話觸動下，春雪猛然朝視野左上方的體力計量表看了一眼。Silver Crow的計量表已經低於兩成而變紅，可倫的計量表卻仍然維持綠色，還剩下九成。連Doll與Duct這驚人的合體攻擊，也無法對這位「保鏢」造成任何損傷。

——好強。等級1竟然可以強成這樣！

新手不可能有這樣的實力，相信她一定在加速世界裡度過了春雪無從想像的漫長歲月。就是靠這些龐大的戰鬥經驗，以及對自身屬性「水」所抱持的堅定信心，為她帶來了足以輕易顛覆等級差距的力量。

過了一會兒，Doll與Duct兩人的必殺技計量表幾乎同時耗盡。

Aqua Current從春雪身上收回水流防禦薄膜，發出啪啦的水聲踏上一步，開口說道：

「——該見識的我都見識到了。Doll、Duct，你們這招很不錯。」

「……氣、氣死人啦～～！」

Nickel Doll尖聲大嚷，在Sand Duct身上交互跺著雙腳，雙手食指筆直指向春雪與可倫：

「既然如此，我們就不玩花樣，認真打一場！讓他們見識見識我們被逼到沒有退路的時候有多頑強！」

「好！」

一大一小的虛擬角色同時雙拳互擊，一直線衝了過來。

對此Aqua Current則讓全身的裝甲水流循環得更加劇烈，強而有力地回答：

「正合我意。Crow，我們上。」

「好、好的！」

春雪點點頭，跟著可倫蹬地前進。

周圍的觀眾看出這就是本場打鬥最後一波精彩高潮，登時歡聲雷動。四個虛擬角色在歡呼聲中大打出手，迸出令人目眩神馳的的閃光與聲響……

整個世界漸漸消融在「對戰」熱氣與興奮所形成的白熾漩渦當中。

6

主動挑戰兩次，接受挑戰兩次。

合計四場搭檔戰全部獲勝之後，春雪的超頻點數已經恢復到夠安全的七十幾點。

『……這麼一來，委託就完成了說。』

春雪一回歸到現實世界，就聽到這樣的思考發聲傳進他的意識。

坐在桌子對面的紅眼鏡少女，將手指伸向有著白色半透明外殼的神經連結裝置。春雪也依樣畫葫蘆，切斷與全球網路的連線。地球形的圖示從虛擬桌面右端消失，他們兩人的名字也就此從千代田戰區的對戰名單中消失。

「……呼……」

春雪將目光移向兩人之間閃閃發光的ＸＳＢ傳輸線，同時小聲呼出一口長氣。從他們開始第一場對戰以來，視野中顯示的時刻只過了短短三十秒，但這三十秒卻有著極高的密度。春雪當上超頻連線者已經兩週，卻沒有幾次這樣的體驗，只覺得對戰中被痛毆的衝擊餘韻彷彿還留在身上。

春雪就這樣虛脫了五秒以上，這才驚覺地抬起頭來，朝救了自己的「保鏢」Aqua Current本尊看了一眼。

鏡片下的眼睛仍然散發著神祕的光芒，從嘴唇看不出明確的表情。

春雪想問她的事情似乎比對戰開始前更多了，但在提問前，有件事他非得先做不可。

『……非常謝謝妳。真的……很謝謝妳。』

春雪不由得眼眶含淚，只好連連眨眼，不讓淚水滑落。

可倫看見春雪這樣，露出非常淡的笑容小聲對他說：

『我也打得很開心。而且多虧你這麼努力，讓我看到了很多超頻連線者的底牌。』

『是、是喔……』

的確，在第一場對上Nickel Doll與Sand Duct的搭檔時，Aqua Current就逼得他們使出所謂「超必殺技」，還破解了這個招式，然後演變成正大光明的接近戰，以水流刀刃解決了對方。

接下來三場對戰裡的情勢演變也都大同小異，似乎總會先遇到一次危機。當然，可倫身為保鏢，相信她肯定有把握在真正危急時能夠保住春雪，才會採取這樣的策略。

春雪回想這幾場緊張刺激的打鬥，不由得喃喃說道：

『……嚴格說來，我倒是比較喜歡搶在對方來不及亮出底牌的時候先打贏啊……』

『那多沒意思說。』

說著這位年紀比他稍長的少女露出更加神祕的笑容。

從她這句話，再加上她事先就已經熟知Silver Crow的能力，更別說要求「現實身分資料」當成接委託的報酬，明顯可以看出她在廣泛收集所有超頻連線者的資料。但直到現在，春雪還是完全無法想像她這麼做有何目的。不，春雪甚至連她是否真的是「她」都還不清楚。

胸中有著剛脫離瀕臨死亡邊緣的安心感，以及對Aqua Current身上無數謎團的好奇心，讓春雪又喘了一口氣。他總覺得，要是不找些話來說，自己會忍不住接連問出許多直指核心的問題，於是找了些無關痛癢的問題開口：

『對了，記得朋友跟我說，這個千代田戰區總是顯得人煙稀少……說這裡不但面積大得不得了，正中央還有禁止進入區，打起來礙手礙腳……』

『基本上這個說法沒錯。』

可倫搖了搖朝內捲的短髮點點頭，喝了口還冒著熱氣的大吉嶺紅茶。

『可是，從御茶水到神保町這一帶有很多間學校，必然也有很多超頻連線者的主場位在這裡。大家都一樣想在主場打，所以形成了一種風氣，只挑星期六下午聚集在這一帶「對戰」。』

『是、是喔……所以說，可倫妳的主場也在這一帶……？』

春雪不由得問出口，但可倫理所當然地不予回答，而是以平靜的思考發聲繼續講解：

『不過，我今天之所以挑上這裡，是因為如果遇到什麼萬一，還可以叫你繞往禁止進入區的另一頭跑掉。』

『啊、啊啊……原來如此……』

春雪大感佩服，又呼出一口長氣。也就是說對可倫這種老練的超頻連線者而言，戰鬥從挑選戰區的階段就已開始。

——我可不能光為了擺脫危機而高興啊，以後還有很多東西非學不可。我的超頻連線者之路才剛開始……首先得盡快達到拍檔——拓武等著我升上的4級才行……

想到這裡，春雪才總算想起自己還讓拓武在漢堡店等待。從他們在路口對面分開後，已經過了二十分鐘以上，相信拓武現在心裡一定七上八下，不知道春雪是已經平安恢復點數，還是掉光了點數。

儘管真正想問可倫的問題一個都問不出來，但現在該做的是先跟拓武回報。自己與可倫之間想必還有機會見面。相信下次雙方不會是這種委託人與保鏢的關係，而是單純以超頻連線者的身分重逢。

想到這裡，春雪深深吸一口氣，再度低頭說道：

『不好意思，我讓朋友在附近等我。他一定很擔心，所以我差不多該走了……可倫，今天真的很謝謝妳。』

『……不客氣說。』

Aqua Current說完這句話，露出了從他們在廁所前面正面對撞以來最深的笑容。春雪跟著笑了笑，耳邊卻聽到她的聲音說：

『可是，我還得跟你要一樣東西。』

『咦……好、好的，是什麼東西呢……？』

春雪正要站起，一聽之下又重新坐回椅子上，瞪大眼睛眨了眨。

Aqua Current瞇起紅色眼睛下的雙眼，輕聲說道：

『事成之後的報酬。』

接著她嘴唇微微一動，唸出無聲的加速指令。

啪——！一聲衝擊聲響撼動春雪的意識。

轉暗的視野中，跑出一串熊熊燃燒的火紅字串，春雪對它們早已極為熟悉。

【HERE COMES A NEW CHALLENGER！】

今天第五次對戰的場地，是有著蒼白光芒灑落的「月光」屬性。

春雪只是呆呆站在染成白骨色的宮殿狀大樓屋頂。

周圍沒有觀眾的身影，因為這裡是除了對戰者以外不容任何人進入的封閉空間——「直連對戰空間」。

不遠處，可以看見一個在月光照耀下染成金黃色的水流化身靜悄悄地站在那兒。萬籟俱寂，只有四條水流從四肢往下流動，更在底端劃出翅膀般的弧線往頭部回流，發出細小的潺潺聲。

等到從１８００開始倒數的讀秒數字降到１７７０，春雪才總算開了口，戰戰兢兢地問：

「請……請問一下……事成之後的報酬是什麼……？為什麼還要特地對戰……？」

發出藍光的眼睛在流落的水之下眨了眨。

「你都沒想過……我會搶走你現在擁有的所有點數當報酬嗎？」

她說這句話的聲音裡，幾乎完全沒有先前四場打鬥中始終帶有的濾波特效，與可倫在現實世界當中的聲音十分相似。春雪意識到這件事，同時歪了歪頭說：

「我的……點數？但這是妳幫我賺回來的耶……？」

「幫你賺回點數，同時收集你的情報，徹底分析過你的戰力之後再搶得一滴不剩。這樣一來，賺點數的效率就會比自己一個人打還快了一倍以上說。」

噗通。

虛擬角色發出輕快的水聲走上一步。

但春雪仍然只能呆呆站在原地，問出下一個問題：

「……妳、妳說要搶光我的點數……可是只打一場對戰，應該搶不走70點吧……？」

「直連對戰可怕之處，就是沒辦法立刻拔掉傳輸線。你得結束對戰回歸到現實世界後再動血肉之軀的手從神經連結裝置上拔掉傳輸線，對方再次加速的動作可要快多了。」

噗通。她又踏上一步。

「可、可是……不是說妳從來不曾護衛失敗，讓任何一個超頻連線者掉光點數嗎……」

「嚴格說來，是『沒人在有觀眾看到的正規對戰裡掉光點數』的說。你又怎麼能肯定沒有超頻連線者在接下來的直連對戰裡就這麼悄悄消失？」

Aqua Current講出令人戰慄的台詞後，微微加快環繞全身的水流速度，對春雪輕聲說道：

「來，擺好架式，讓我看看你的一切。」

緊接著，這位纖瘦的虛擬角色身上湧出一股極為強大的壓力，壓得春雪停住了呼吸。

這麼強大的壓力，以前春雪只感受過一次。就只有在那醫院的屋頂，首次看到師父兼上輩黑雪公主所控制的虛擬角色——「Black Lotus」的那次。

春雪在這股壓力的壓迫下舉起雙手，正要一前一後擺好架式……

卻馬上放了下來。

「……你這是放棄了？」

Aqua Current也不撤下身上發出的壓力，直接問出這句話，春雪則輕輕搖頭回答：

「呃……不太一樣。」

即使處於這個狀況，春雪的意識仍然莫名地平靜。他既非死心，也非認定Aqua Current這幾句話都是在騙人。他之所以放下手，是為了心中一種極為重要的小小事物。

「這個……我從開始跟可倫組搭檔的時候……不對，是更早以前，從我們在廁所前面撞到的時候，就對妳……該怎麼說……就相信妳了。我相信眼前這個人是個好人，一定會救我。」

水流下的藍色眼睛又眨了眨。春雪正面看著這道光說下去：

「所以……就算我的期望落空，我也不想抱著怨恨的心情跟妳打……前不久，我就跟現在在樓下等我的那個朋友認真打過一場。我們把彼此心中長年累積下來的感情……把憤怒跟怨恨全都發洩出來。可是，在那場戰鬥的最後，我相信他，他也相信了我。那個時候……我就決定了一件事。決定一旦相信一個人，就要相信到底。因為……到頭來這其實是在相信自己。」

春雪深深吸一口氣，在銀色面罩下露出淡淡的微笑，說出最後一句話：

「……而且，該怎麼說……我還挺喜歡妳的。不管妳是男是女。」

聽到他這麼說，Aqua Current又眨了眨眼，收起了全身發出的強烈壓力。

她雙手回撤，讓手與全身的水流化為一體，說道：

「……對不起，剛剛說那些是騙你的。」

聽到這句話後，儘管先前就相信是這麼回事，春雪還是不由得兩腳微微一軟。

他好不容易站穩腳步，發呆看著可倫看了好一會兒，這才問說：

「呃、呃……這是為什麼？」

「因為看你一點都不提防就答應直連，我才想嚇嚇你，只是看樣子也沒怎麼嚇著你。」

「……哪裡，這個……我心裡怕得要死……」

聽春雪這麼說，可倫在水流下露出溫和的微笑……至少春雪這麼覺得。

她發出水聲走上幾步，在春雪身旁轉過身來，仰望夜空中的巨大滿月。春雪也跟著抬頭望向天空，耳邊聽到她小聲說道：

「我希望你好好珍惜這個朋友說。」

「……嗯，我是這麼打算。」

「…………很久很久以前……我也有過很多伙伴……很多朋友。還有著一個我最信任、最愛的『主子（軍團長）』。」

小小的說話聲，乘著柔和的水流輕輕流過，讓春雪從中感受到了一段極其漫長的歲月。

「不過，後來發生了一件事，讓我們四分五裂說。我們的主子從加速世界消失，朋友也一個個遠走高飛……可是，我一直相信，相信大家還會再一次聚集起來……相信總有一天，我們會再度一起抬頭欣賞這麼美麗的夜空……」

忽然間——

春雪覺得自己看到了幻影。

許多虛擬角色在美麗的星空下列隊行進，彼此談笑得十分熱絡，一路朝著目標行進。

「是的……相信……這一天一定會來。」

春雪這麼說完，可倫的右手便輕輕放上他左肩。

接著可倫從他左側走到正面，左手也放上他的肩膀。這名流水虛擬角色從極近距離跟春雪四目相對，讓春雪覺得一瞬間看到了她的真面目。

Aqua Current直視春雪的眼睛，摻著幾分微笑開口：

「我剛剛說的幾乎都是騙你的，但是有一句話是真的。」

「咦……是、是哪一句？」

「只有對你，我非得要走一樣事成之後的報酬不可。」

春雪聽得瞪大眼睛，可倫就把臉湊得更近，輕聲對他說：

「那就是你心中的我。那些有關我的記憶。」

「咦……記、記憶……？」

「對。你遇見我的時機還太早了點。今後你必須扶持你的『主子』，跟她手牽著手，一步一步走過漫長的路程。我們『四大元素』現在還不該介入這個過程。」

春雪幾乎完全聽不懂Aqua Current這幾句話是什麼意思，茫然瞪大的整個視野，幾乎都被透明的水流與藍色眼睛的光芒填滿。

「將來有一天，她會再度拔出信念的劍，開始用自己的腳往前走……到時候，我們一定會再相見。所以，現在我要消除掉你記憶中的我。」

「……可、可是……消除記憶這種事……要怎麼做……？」

Aqua Current所說的話非常離譜。春雪腦袋裡是這麼理解的，但那潺潺流動的水聲與搖動的光卻遮住他的意識，沖走了他的思考。

「辦得到……就只有我辦得到說。『人是裝滿了水的迴路，所有的知識與記憶都是流水』……這就是我的心念。」

「心……念……」

春雪茫然複誦，此時可倫已經將額頭輕輕貼上他的額頭。

整個世界都被水流裹住，只聽見遠方傳來說話的聲音：

「好了……我們要暫時道別了。Silver Crow，我們有緣再見。有一天，我們會在翅膀引領你走上的路途中再見……」

潺潺水聲，不絕與耳。不知不覺間水已經流進春雪體內，載滿了意識、思考與記憶，又漸漸流走……

「『記憶滴落（Memory Leak）』。」

春雪似乎聽見這麼一句話從很遠很遠的地方傳來。發出白色光芒的水流洗去一切……將這一切都帶得愈來愈遠……

最後，有個溫和的聲音說：

你先數到五十，再睜開眼睛說。

7

……四十五、四十六、四十七……

春雪閉著眼睛，一心一意地數。

……四十八、四十九…………五十。

他慢慢睜開眼睛。

白色的圓桌，款式跟學校交誼廳的很像。桌上放著一個玻璃杯，裡面還剩三分之一左右的柳橙汁。對面的椅子是空的。

春雪連連眨眼，茫然地看著四周。

這裡是咖啡廳。其他桌有年齡相近的年輕人，也有上了年紀的客人，全都拿著紙製的書本享受午後的時光。

——我……

——我是來這裡「對戰」的。為了讓只剩一點點的超頻點數回升……我委託「保鏢」擔任護衛，組成搭檔找人對戰……然後贏了。

沒錯，我贏了，點數已經恢復到了七十以上。這樣一來就不用成天擔心會耗光點數了。

不可思議的是，他對打鬥內容都記得不太清楚了。不但記不清楚，而且一試圖回想，就覺得記憶從意識邊緣流逝。

但春雪並不覺得這種情形有什麼不可思議，還用雙手擺出小小的握拳姿勢。

「我絕對，再也不會，不小心按到升級了……」

春雪小聲自言自語完，發現周遭投來的視線，趕緊低下頭去。心頭大石總算放下讓肚子突然餓了起來，於是他一口氣喝掉玻璃杯裡剩下的果汁，但這樣根本不夠。

——去跟阿拓報告計畫成功的時候，順便吃個漢堡吧。

想到這裡，他便猛然站起。不愧是由書店經營的咖啡廳，桌上的玻璃小圓筒裡插著一張紙帳單。拔出來一看，上面當然只記載著柳橙汁一杯，三百八十圓。

春雪在收銀台付完帳——這個部分總算是經由神經連結裝置了——下到一樓，穿過新書區走到店外。十一月的寒風讓他縮著脖子，看到正好轉成綠燈，就穿越駿河台下路口過去。

拓武在對面的速食店等他。春雪跑著穿越人潮，準備鑽過一道大型自動門。這時恰巧有一名女性顧客要從店裡走出來，於是春雪讓到更旁邊去，與她擦身而過。一頭內捲的短髮就在身旁數十公分外搖動，飄散出淡淡花香。

……嘩啦、嘩啦啦。

春雪忽然間覺得聽到了一陣輕快的潺潺水流聲，於是在自動門前停步。

「咦……？」

他回過頭一看，當然沒有什麼水流。天空晴朗得很，人行道的地磚也是乾的。

本來還以為是不是有人打翻了瓶裝飲料，但看起來也不像。視野中有老人抱著印了書店商標的紙袋，有成群的外國人看似正在神保町書街觀光，有穿著海軍外套的女生快步走遠，但看樣子沒有一個人聽到同樣的聲響。

——是我聽錯了嗎？

春雪轉回去面向前方，把水聲拋諸腦後，快步走過漢堡店的自動門。

他的視線在店內繞了一圈，立刻就看到好友在左側窗邊座位上大動作朝他招手。

相信他已經從春雪的表情上看出計畫順利成功，但春雪仍然用力豎起右手大拇指……

拓武臉上笑中帶淚，讓俊秀的眉目皺成一團。春雪朝他跑了過去。

Accel World
-Elements-

天邊的海潮聲

前情提要

西元二〇四七年四月，有田春雪、黛拓武與倉嶋千百合升上梅鄉國中二年級，分到了同一班。幾天前，千百合安裝BRAIN BURST程式成功，成了拓武的「下輩」。他們三人今後不再只是兒時玩伴，更是誓言要在「黑暗星雲」軍團攜手努力的伙伴。

可是，梅鄉國中突然出現一名敵人——劍道社的新社員「能美征二」，將他們三人之間的情誼破壞得體無完膚。他在劍道比賽中擊垮拓武，抓住春雪的把柄威脅千百合，更從春雪手中搶走了對戰虛擬角色「Silver Crow」最重要的「飛行能力」。

春雪被打進前所未有的絕望深淵，然而軍團長黑雪公主卻因為參加校外教學而身在遙遠的沖繩。春雪咬緊牙關，想突破這徹徹底底的逆境，卻在某天的午休時間，收到了來自黑雪公主的遠程呼叫……

1

「……我得走了。那我們就先關掉吧，改天見囉。」

黑雪公主以略快的速度講完這句話，接著揮了揮右手道別，並順勢按下虛擬桌面上的掛斷按鈕。

顯示在視野中央視窗裡的粉紅豬圓臉應聲消失，緊接著一股寂寞的情緒湧上心頭，讓她只好嚥了口口水強忍。

少女在滾燙的沙灘上走了幾步，走進抗紫外線／紅外線陽傘遮出的陰影，接著從固定住的桌上輕輕拿起了一台小型攝影機。這年頭幾乎所有神經連結裝置都內建了鏡頭，因此這樣的裝置已經有些落伍，但專用設備終究有其優勢，畫質明顯清晰不少。即使會讓行李變多，黑雪公主仍然無論如何都想拍下高畫質的影像，送給留在東京杉並區的他。

她關掉攝影機的電源，將機器塞進小小的化妝包後走回桌邊，坐到一張陽傘下的躺椅上，隨即自然而然地輕聲嘆了一口氣。

——這樣不行，他也不會希望我在旅行途中垂頭喪氣。好，數到三以後我就要打起精神。一、二……

但黑雪公主沒能數到三。因為不知不覺間有兩隻手從她的背後伸出，而且還大膽地隔著泳裝用力按住她的胸部——說得再精確一點，是對她的胸部大揉特揉。

「呼、呼嘎哇啊啊！」

黑雪公主從躺椅上跳起，在空中轉了一百八十度落地，隨即看見一個穿著連身泳裝的女生站在面前，那頭輕柔的短髮與她隨時有著溫和微笑的面容十分搭調。她的名字叫做若宮惠，與黑雪公主一樣是私立梅鄉國中學生會成員，職位是書記。

「妳、妳妳妳沒頭沒腦地做什麼啊，惠！」

「誰教公主一直發呆，害我叫了那麼多次都沒反應。海上獨木舟的集合時間快到囉。」

「啊、啊啊……對喔……」

黑雪公主坐回躺椅上，想了兩秒鐘左右，微微搖頭說：

「……抱歉，我要取消這個行程。理由……寫身體不舒服可以嗎？」

少女從虛擬桌面按下一個叫做「校外教學行程」的捷徑圖示，打開今天的行程表，從中點選設定在下午一點的「海上獨木舟行程」。她從跳出的對話框裡按下「取消參加」按鈕，正要在理由欄位填上杜撰出來的藉口時……

「公主，要是拿身體不舒服當理由，之後校方會要求提出證明，很麻煩的。我比較推薦寫『學生會相關事務』。」

惠笑嘻嘻地這麼一說，黑雪公主也不由得嘴角上揚。

「原來如此，之前事前準備做得那麼辛苦，有這麼點好處也不過分啊。」

黑雪公主原封不動地輸入惠所說的這串字，右手揮開視窗。她往躺椅上一躺，輕舒一口氣之後，轉頭準備送朋友離開，然而……

惠本應是來叫黑雪公主去參加選配行程，卻在右手邊只隔著陽傘架的另一張躺椅上躺了下來，讓黑雪公主不由得連連眨了幾下眼。這位學生會書記注意到她的視線，使了個眼色說：

「海上獨木舟我也不去了。我們家有一條代代相傳的家訓——不要搭沒有救生艇的船。」

「……府上祖先是搭過沉沒的豪華郵輪嗎？」

黑雪公主苦笑著將手伸向沙灘上的保冷箱，拿出兩瓶冰涼的香檬果汁，一瓶遞給惠。

兩人同時喝了一口，同時露出酸得受不了的表情，同時將瓶子放回桌上之後對看一眼——同時笑了笑。

二〇四七年四月十六日，星期二。

黑雪公主等一百二十名剛升上梅鄉國中三年級的學生，來到沖繩進行為期七天六夜的校外教學。今天還只是第三天，也就是說整趟旅行明天才進行到一半。

事前規劃了兩種行程可供學生選擇，黑雪公主與惠登記的是那霸↓邊野古↓與論島↓那霸路線。現在他們兩人眼前一望無際的白沙灘與翡翠綠海洋，就是位於沖繩本島中部南側海岸的邊野古沙灘。聽說大約在三十年前，曾為了是否要將位於普天間的美軍基地遷移到這裡而引發嚴重的糾紛，但最後還是決定在離此有一小段距離的金武灣建設超大型浮體平台，把軍機場的大部分功能移轉過去。

不時劃過藍天的銀色機影，多半就是從這個基地起飛的美軍戰機。這種戰機的機體比平常在東京天空看到的空中自衛隊新銳無人戰鬥機大得多，但由於高度夠高，噪音幾乎不會讓人覺得吵。剛剛還在沙灘上玩鬧的梅鄉國中同學，似乎都已經去參加海上獨木舟行程，讓此地呈現一種異樣的寂靜，只有來來去去的海浪聲傳進耳裡。

黑雪公主又喝了一口香檸果汁，用手指頭彈掉滴在黑色比基尼泳裝胸口的水滴，輕聲嘆了一口氣。

——還有四天啊。

她並非覺得旅行無聊或根本不想來。她對國中的校外教學一輩子只有一次這個客觀事實很清楚，而且考慮到自己的家世背景有些複雜，下次能夠參加像樣的旅行……搞不好得等到高中的校外教學。

所以為了不讓自己將來後悔，就該挾著恨不得把神經連結裝置的照片與影片資料夾塞滿的勢頭，在創造回憶的大道上邁進。儘管腦子裡明白這個道理，但她就是沒辦法由衷去享受這趟旅行。理由再明顯不過，無論如何，她每天都至少會產生一種念頭兩次——想趕快回到東京，回去和「他」像平常那樣談天說地。

在右邊躺椅上閉著眼睛躺得十分舒暢的若宮惠，顯然也完全看穿了自己這種心思。黑雪公主慢慢吸了一口有著海水與花朵氣息的空氣，輕喚了一聲：

「惠。」

黑雪公主對這位睜開眼睛，納悶地發出疑問的朋友微微低頭，說道：

「抱歉，讓妳這樣遷就我……其實妳很想去划獨木舟吧？」

「就說沒關係了啦，畢竟這也是工作嘛。」

「工、工作？」

「梅鄉國中學生會守則裡面寫得很清楚。書記的工作是①撰寫會議記錄②照顧心情陰晴不定的副會長。」

「妳、妳騙人，妳一定在騙人。」

惠看見黑雪公主嘟嘴，開心地哈哈笑了幾聲，接著將視線望向遠方的水平線說：

「真的沒關係啦。公主也知道我最喜歡像這樣奢侈地把時間用在悠哉（laid-back）發呆吧？」

——的確，惠經常從學生會室的沙發椅上望著中庭，但這不是在發呆，而是在腦子裡揣摩另外參加的文學社社刊作品。也就是說，惠除了黑雪公主以外理應還有別的朋友，卻為了陪她而將其餘友人完全擱下，旅行中一直陪在這位副會長身邊。

「……對不起。謝謝妳，惠。」

黑雪公主用小得幾乎不成聲的音量說了這麼幾句話，剩下的則留在心中。

——能在跟那個世界無關的地方，有妳這樣一個朋友，對此我由衷感謝上天。

很久以前，她就察覺自己心中有著非常怕寂寞的一面。

之前初代「黑暗星雲」還健在時，以倉崎楓子——Sky Raker與四埜宮謠——Ardor Maiden這兩人為首的許多同伴，總是陪伴在她身邊。若她深夜突然想找人說話，只要連上由四大元素之一「Graphite Edge」設立的軍團專用封閉式網路，就一定見得到團員的虛擬角色。既可直接進行一般對戰或觀戰，也可以前往無限制中立空間去打打公敵或挑戰任務，多得是方法可以排解寂寞。

但從兩年多前那血腥的一夜起，直到後來在禁城的慘劇，短短一週內她就失去了一切。

她之所以能夠為了躲避六王（嚴格說來，紅王的位子後來空下了一段時間）派來的追兵而長達兩年不連上全球網路，主因未必來自想於日後東山再起的正向意志力，而是害怕過去的情誼完全斷絕。然而就連她的最後一道防線──梅鄉國中校內網路，也在去年夏末出現了一個叫做「Cyan Pile」的神祕虛擬角色，逼她做出選擇。

她必須選擇解開對戰虛擬角色「Black Lotus」的封印，自行擊退敵人，又或者是打出她剩下的最後一張牌──「複製安裝權」，追求新的情誼。

如果她選擇前者，要把Cyan Pile一刀兩斷多半是輕而易舉，但這樣的結果可能導致Pile放棄自行獵殺她，轉而將她的個人資料賣給諸王，情形就會糟到極點。

因此，黑雪公主決定賭賭看這萬中無一的奇蹟。少女試圖在梅鄉國中校內找出資質足以安裝BRAIN BURST的學生，將他/她收為自己第一個也是最後一個「下輩」超頻連線者，兩人一起查出Pile的真實身分。

這項任務困難到了極點。她以學生會副會長權限連上校內資料庫，反覆斟酌全校學生的學籍資料。可是，只看學科或體育課的成績，自然看不出每個人到底有沒有足以當上超頻連線者的資質。

然而有一天，黑雪公主不經意地打開校內網路遊戲區的高分紀錄清單，卻發現了一個令人驚嘆的數字。這個數字遠比其他紀錄更加突出──真的連位數都不一樣。黑雪公主半信半疑，自己也試著挑戰這「虛擬壁球遊戲」，但與代號「HAL」（註：日語讀音同「春」）所打出的二百六十三萬分相較，她卻連一半的分數都打不到。

少女開始好奇這人是個什麼樣的學生，甚至有點忘了當初的目的，開始監視起校內網路。

兩天後，在連午休時間都十分空曠的虛擬壁球區，出現了個縮頭縮腦的粉紅色豬型虛擬角色。黑雪公主躲在物件後方，帶著萬萬意想不到的震驚，看著粉紅豬拿起球拍，像在發洩什麼似的擊球……

幾分鐘後，黑雪公主看到他又刷新了最高分記錄，不由得忘我地喃喃說出一個字眼。

Eureka。

意思是「我找到了」。

粉紅豬「ＨＡＬ」——有田春雪確實沒辜負黑雪公主的信心，輕易通過了BRAIN BURST的資質測試，從內心深處塑造出了白銀對戰虛擬角色「Silver Crow」。

當初黑雪公主只求下輩能幫忙「在自己受到Cyan Pile襲擊時查看導向游標的方向」，但他卻在在顯示出遠遠超出黑雪公主預期的能力與可能性。不，這或許是必然的結果。畢竟有田春雪尚未當上超頻連線者時，反應速度就已遠遠超越加速世界有著極大量戰鬥經驗的黑雪公主。

如今，他已經不只是黑雪公主唯一的「下輩」，也不只是新生黑暗星雲的第一個團員，而是更加難能可貴的存在。他能力雖強，內心卻極為纖細而容易受傷，讓黑雪公主想隨時保護他、撫慰他；但他日後多半能達到遠超出自己與其他諸王的高度，又讓黑雪公主想臣服於他。這兩種感情始終在心中參雜交錯，讓她內心深處惆悵不已。如果要把這叫做依賴，那也沒有關係。因為他終於承擔起了兩年來不停滴落在她內心的冰冷寂寞。

但也正因如此，黑雪公主才無法由衷享受這為期一週的校外教學。當然只要像先前那樣進行視訊通話，隨時都可以看到他的臉，而且如果進行全感覺通訊，甚至可以透過虛擬角色互相碰觸。但現實世界中這一千六百公里左右的物理隔閡，就是讓她有種難以言喻的無助。忍不住會擔心自己不在時，容易受傷卻又愛逞強的他是不是正獨自苦惱……

「好久沒看到公主露出這種表情了呢。」

少女右耳際忽然響起一句輕聲細語，接著纖細的手指輕輕撫摸著她披在額頭上的頭髮。睜開不知不覺間閉上的眼睛一看，惠從隔壁躺椅上探出身子，平靜的微笑近在身邊。

「……我臉上是什麼表情？」

黑雪公主有氣無力地這麼一問，就在短暫的停頓後得到了一個她意料之外的回答。

「想回去的表情。不是回東京……是回一個跟這裡不一樣的世界。」

「……………惠。」

黑雪公主不由得輕輕地倒抽一口氣。

若宮惠不是超頻連線者，這件事她早在兩年前彼此都還是新生時就已經查證過。說得再精確一點，她之所以選擇梅鄉國中升學，最重要的理由之一，就是無論在校生或應屆考生當中，都沒有超頻連線者存在。如果不是這樣，這間學校就沒辦法用來當成藏身的「繭」，躲避六王派來的追兵。

惠從短短十五公分的距離看著黑雪公主瞪大的眼睛，告訴她一件更令人震驚的事：

「我知道，公主有我看不見的另一個世界。我也知道，或許真正的公主是在『那一邊』。」

「真正的……我。」

「嗯。誰教公主從我們剛認識的時候，就一臉迷路小孩似的表情。直到去年秋天……妳認識了他為止。」

這句話讓黑雪公主臉頰微微發燙，下意識地用拿在左手中的香檬果汁貼上臉頰。惠在她身旁用手撐著臉，雙眼蒙上淡淡的陰影說：

「……這種感覺……我也多少可以體會。」

「…………是嗎？」

「是啊。在我還很小很小的時候，有一本書我非常喜歡。我每天都一看再看，看了不知道多少次，還是一點都不膩……每次進到書裡的世界，就會有新的緣分和冒險等著我。可是……不知不覺間，這本書不見了。現在，不管是書名，還是書裡的內容，我都完全想不起來……」

說到這裡，惠閉上嘴唇，雙目的焦點對上黑雪公主的眼眸，微微一笑：

「說不定，我之所以會進文藝社，就是為了自己寫出那本書。」

「寫得……還順利嗎？」

「一點成果都沒有。」

惠搖頭呵呵一笑。她的微笑就像往常那樣溫和，但黑雪公主首次發現當中有一抹落寞。

「偶爾……真的只是偶爾，我會想起一些很片段的印象，便試著寫下來。但寫出來一看，卻又不是這麼回事。我唯一記得的，就是這本書的第一頁寫著咒語，必須唸出這句咒語才能看下去……我想，除非回憶起這句咒語，否則我是無法抵達書中世界的……」

「惠……」

黑雪公主不知道該怎麼回答，話說得吞吞吐吐。說一句「遲早會想起」是很簡單，但自己既然知道怎麼去惠口中那個「跟這裡不一樣的世界」，又有什麼資格說出這種膚淺的台詞呢？她就是忍不住會這麼想。

沉默只維持了三秒鐘。這次惠真的露出了一如往常的微笑，猛然坐起上身說：

「糟糕，我本來想幫公主打氣，這樣不就反過來了嗎？都是因為待在這種太陽曬不到的暗處才會這樣。」

她伸手按下設置在陽傘架上的按鈕，銀色遮陽板咻一聲開始旋轉收疊。

緊接著灑下的強烈陽光，讓黑雪公主不禁閉上眼睛。惠抓準了這個空檔，雙手把黑雪公主的身體給翻了過去。

「哇，妳、妳做什麼啦！」

「公主乖，別亂動，我幫妳抹防曬油。」

「這、這種小事我自己會做！」

黑雪公主掙扎扭動，但惠按住了少女背上的穴道，讓她想逃也逃不了。

「而且呀，多刺激一下，說不定就會長大唷。」

「哪、哪裡長大啊？」

「呵呵，那還用說嗎？」

這句話一說完，某種有黏性的液體一滴滴灑到背上，接著惠的雙手毫不留情地來襲。黑雪公主從不曾讓別人幫自己擦過防曬油，面臨這種異樣的感覺，不由得——

「嗚啊啊啊！」

一聲當事人根本不敢讓有田聽見的慘叫，迴盪在邊野古沙灘上。

2

下午三點。

黑雪公主與惠和參加完海上獨木舟行程的學生會合後，先回旅館一趟。睡在同一間雙床房的兩人依序沖了澡，換上便服。黑雪公主穿著黑色吊帶背心與內搭七分褲，惠則穿上黃色的連身洋裝，一起來趟晚餐前的散步兼購物之旅。

過去曾經存在於邊野古的美軍施瓦布營區，在十幾年前縮小規模並重新開發，現在已經成了大規模的海濱度假區。從旅館通往海灘的道路兩旁，有著琳瑯滿目的商店，濃密地醞釀出一種開放又雜亂的南國氣息。如果是在上個世紀，除非有大人帶隊，否則參加校外教學的國中生多半根本不能來這裡；到了現在，則是靠著公共攝影機網的威力維持高度治安。

由於這裡緯度較低，即使在這個時間，天空依舊十分蔚藍。黑雪公主就在這樣的藍天下，一邊望著充滿異國風情街景，一邊悠閒地漫步。

不時還有看似在挑選紀念品的梅鄉國中學生映入眼簾。他們在衡量預算與貨色的同時嬉鬧著，顯得十分開心。然而黑雪公主才國中就已經獨自外宿，不需要買紀念品給家人。儘管有打算和惠一起買些東西給現任學生會的一年級成員，但除此之外都不用為了人情買禮物。

因此，她自然打算投注所有的搜索力、判斷力與預算，找出最棒的紀念品給唯一一個不是為了人情而送的對象——有田少年，然而他要求的卻是「直徑三十公分的開口笑」這種讓人搞不清楚取得難度到底算高還是低的物品。少女走在商店街裡，看到賣開口笑的攤販就湊過去看看，但當然到處都找不到有誰在賣這種尺寸的。

儘管多少會降低「親自找到的成分」，但這下也只能靠全球網路搜尋功能了吧？話說回來，這種東西炸好以後到底可以放多久？黑雪公主腦中轉著這些念頭，往旁邊一看，目光和笑嘻嘻的惠對個正著。

黑雪公主差點忍不住按住胸部退開。她小聲清了清嗓子問：

「……惠，妳都不用挑紀念品嗎？」

「是啊。畢竟送家人的紀念品我打算最後一天在機場買；而且很遺憾，沒有男士在東京等著我回去。」

「……這、這樣啊。那……嗯……對了，我有個點子。我們就在這趟旅行裡，為彼此買一件紀念品，等回到學校再拿出來交換，妳覺得呢？」

黑雪公主提這個意見前並沒多思考，惠卻出乎意料地表情一亮，點點頭說：

「以公主來說，這個點子還真棒。」

「……以我來說？」

黑雪公主似乎對其中一句話有點意見，但惠也不放在心上，繼續說下去：

「可是公主，這禮物說穿了就是要圖個驚喜，沒錯吧？那我們再這樣一起買東西，就達不到目的囉。我看啊，我們就分頭行動，三十分鐘後……四點半在旅館入口會合，妳覺得呢？」

「也……也好，就這麼做吧。」

黑雪公主點點頭，惠笑著留下一句「我會找來讓公主嚇出今年最大一跳的東西」後，隨即消失在人群之中。朋友的反應稍稍超出黑雪公主預期，讓她站在原地發呆了好一會兒，這才慢慢舉步前進。

扣掉在加速世界建立的人際關係，若宮惠無疑是她在梅鄉國中最好的朋友。自從兩年前入學那一天，惠主動找她說話以來，兩人之間從來不曾有過爭執——儘管惠主動進行的肢體接觸似乎略嫌劇烈——一直維持著愉快的關係。

雖然知道為時已晚，黑雪公主仍然覺得，這或許是因為自己一直沒試著去了解惠的內在。儘管曾經晚上找她通話，放假時也偶爾會兩人一起出遊，卻從來不曾去對方家裡作客。黑雪公主是因為不想被問到獨自住在阿佐谷住宅大鎮的理由，但仔細想想，這兩年來惠也從未邀黑雪公主到家中作客……甚至幾乎不曾提到過家人。黑雪公主只知道惠住在中野區本町，有父親、母親與一位姊姊，家庭成員跟自己差不多。

小學六年級第二學期尾聲，黑雪公主在家中鬧出了一起遠超出「小孩暴怒」的事件，從位於港區白金台的家被放逐出來。雙親指派了一名顧問律師監督，彷彿覺得這樣就盡了身為監護人的責任，從此幾乎完全斷絕了與黑雪公主的接觸。

黑雪公主有這樣的苦衷，因此先前即使沒什麼根據，卻總是想像惠一定跟一群溫暖的家人一起生活。然而仔細想想，這世上實在不可能到處都是沒有任何問題存在的家庭。就拿去年秋天找出的「下輩」有田來說吧，他就說自己雙親已經離婚，得到監護權的母親也往往要到深夜才回家，每晚都過得十分寂寞。

因此惠說不定也是一樣。儘管臉上始終掛著笑容，說不定心中仍有著不為人知的祕密……

黑雪公主想著這樣的念頭，看向道路左方擺出小型展示櫃的貝殼飾品店——

就在這一瞬間。

啪——————！一聲銳利而清脆的雷聲，撼動了黑雪公主的意識。

這耳熟的音效，代表安裝在神經連結裝置內的ＢＢ程式，已經自動將黑雪公主的意識加速到相當於現實世界中的一千倍。換言之，有人向黑雪公主——向對戰虛擬角色「Black Lotus」挑戰。

如果是在東京，黑雪公主那經過大量戰鬥經驗磨練的意識，甚至不會有零點一秒的延遲，立刻就會切換到「對戰」模式；然而此刻，她卻不由自主地微微呆滯。

畢竟這裡是沖繩，位於公共攝影機網路的最邊際，是名副其實的邊境。

早在出發之前，她就料定在所有超頻連線者的百分之九十九都集中在東京都二十三區內的現況下，不該會有挑戰者出現。但為防萬一，在來到那霸機場時以及搭乘公車通過名護市時，她還特意加速查看過對戰名單，區域內就只有自己一個人存在。之後她就放鬆了戒備，一直讓神經連結裝置連上全球網路，卻沒想到會在邊野古這個根本不大的城市裡遇到挑戰者。

正因為經驗老到，才讓她格外震驚。但隨著【HERE COMES A NEW CHALLENGER】的字串在眼前熊熊燃燒，四周的光景開始走樣時，她的意識模式也已經切換完畢。

首先，填滿整條大道的觀光客與商店店員一口氣消失。接著，左右的店家也都變成由灰色岩石堆成的牆壁。牆壁並不新，有部分已經崩塌，到處都被綠色的青苔與藤蔓類植物覆蓋；腳底的泥土地上，還覆蓋著一層混有細小石子的薄薄白沙。

場地產生完畢的同時，寫著【FIGHT！】的碩大火焰文字在眼前炸開消散。黑雪公主最先留意處並非化為漆黑對戰虛擬角色的自己，而是視野右上方的對手等級。數字是──5。

「………呼。」

她不由得鬆了一口氣。如果刻在那個位置的數字是9，那她便顧不得規矩顏面，必須為了存活下去而展開一場醜陋的死戰──連封印不用的「心念招式」也得傾囊而出。她慢慢調整變得有些急促的呼吸，以尖銳的刀劍狀手臂，試了試積著白沙的地面軟硬。

「這裡……是『古堡』嗎？可是味道好像不太一樣。難道是沖繩地區特有的變化……？」

她小聲這麼一說，卻似乎有人聽見這句自言自語……

「才不是什麼『古堡』！這裡是『城址』場地！」

此時一句活力充沛的台詞從右上方傳來。黑雪公主抬頭一看，發現灰色城牆上有兩個背著晚霞的人影……不，應該說是虛擬角色的影子。

靠前的一個，穿著海水般微微泛綠的藍色裝甲；身後的另一人，則是明亮的珊瑚色。兩人都是造型以曲線為主體的女性型虛擬角色。

對手看來不會立刻衝過來，於是黑雪公主朝視野右上方瞥了過去，重新確認顯示在敵方體力計量表下方的虛擬角色名稱。上面寫的是「Lagoon Dolphin LV5」，多半是海色虛擬角色的名稱。由於這是一對一的對戰，珊瑚色的虛擬角色多半只是觀眾。現階段還無法得知她的名稱與等級，但至少可以看出一件事——一般而言，觀眾無法進入對戰者半徑十公尺以內的區域，但珊瑚色的她顯然緊鄰著海色的虛擬角色，所以她們兩人多半是「上下輩」或同軍團成員，也可能兩者都是。

「唔……」

就在黑雪公主微微沉吟時，海色的Lagoon Dolphin果決地從牆上往道路跳了下來。由於高度有五公尺以上，要是著地失敗，難保不會受到從高處落下的損傷，但她只讓全身關節做出最低限度的彎曲，便吸收掉了所有衝擊。

「哇、等、等等我啦，琉花～」

被留在牆上的珊瑚色發出有點沒出息的聲音，在邊緣遲疑了幾次，這才豁出去似的跳下。接著只聽見「咚」的一聲，便看見她一屁股坐在地上。但她本來就是觀眾，沒有體力計量表存在。Dolphin朝揉著屁股站起的珊瑚色看了一眼，搖搖頭說：

「阿呆，妳在上面等就好了啦。」

「誰、誰教琉花動不動就亂來……」

「妳少假會！這叫不打不相識！那還用說嗎！」

珊瑚色虛擬角色儘管說話帶著點南國腔調，用的卻是標準語，相對的Dolphin講的則是相當道地的沖繩話。正當黑雪公主覺得愈聽愈不懂時，珊瑚色虛擬角色把手放到Dolphin肩上，微微放低音量說：

「而且琉花，妳老是講沖繩話，根本沒辦法讓她聽懂啦。這樣我們真正的目的……」

「……啊啊，好啦，知道了啦！」

Dolphin大喊一聲，朝鋪著白沙的路面踏上一大步，右手食指指向黑雪公主，終於說出了她聽得懂的話。

「妳啊，是在那間旅館住宿的校外教學生吧！」

黑雪公主朝背後一瞥，看見梅鄉國中學生住宿的度假旅館成了巨大的石造廢墟。接著再度面向Dolphin，點點頭回問：

「……妳們不是旅客……所以是住在這裡的超頻連線者囉？」

「廢話……不對，應該講那還用說！我家祖先代代都是沖繩人！」

「啊，我、我也一樣。」

黑雪公主看著珊瑚色在Dolphine身後小小舉起右手的模樣，思考了起來。

當上超頻連線者所需的程式「BRAIN BURST 2039」正如其名，是在八年前，也就是西元二〇三九年，散發給住在東京都都心的一百名小學生。由於必須透過有線直連才能複製安裝，因此後來得到程式的小孩必然也住在東京都二十三區內。黑雪公主的遊戲資歷長達七年，卻不認識任何一個住在都心以外區域的超頻連線者。

但純以可能性來說，當上超頻連線者之後才搬出東京都……甚至搬到北海道或沖繩也是有可能的。畢竟，無論是等級多高的高手，在現實世界中依舊只是個無法自力更生的國小生或國中生。若是為了父母調職或離婚等因素而必須搬家，終究沒有辦法拒絕。而這些發配到加速世界邊疆的超頻連線者，都只能等著「慢速消滅」，沒有任何例外——至少黑雪公主過去是這麼認為。就算想找人對戰，他們也找不到半個對手；即使升到4級而得以前往無限制中立空間，獨自一人終究無法確實地打贏公敵。既然沒有來源能夠供應點數，總有一天會耗盡從東京帶去的點數，因而遭到強制反安裝，這是再明白不過的道理。

但現在站在她眼前的海色與珊瑚色對戰虛擬角色，卻說她們是在沖繩土生土長。只有兩個理由可以解釋她們的存在。有超頻連線者從東京搬到沖繩，在這裡收了「下輩」，並提供自己的點數把她們培育到足以獵公敵的等級……或者，二〇三九年BB程式並非只在東京都心散播？無論答案是哪一個，都讓她很感興趣。

「……有意思。」

Lagoon Dolphin耳朵很靈，聽到這句黑雪公主脫口而出的話，而且似乎誤會了她的意思。

「喔，妳想打啊？好，就請妳跟我比試一場吧。」

她揮手要背後的珊瑚色退下，開腳沉腰，雙手往前擺出架式。這個架式極具藍色系打擊型角色的風格，發出一陣海風般的鬥氣，讓黑雪公主不由得在鏡面護目鏡下微笑。她無聲地自言自語，又說了一次含意不同的「有意思」。

黑雪公主並沒有固定的起手式，但她仍舊配合對方，擺出左手劍在前，右手劍停在胸前，斜身面對敵人的姿勢。這時距離十公尺以上的珊瑚色似乎發現不對勁，雙手湊在嘴邊大喊：

「琉、琉花，妳要小心！對方有9級啊！」

「哼，沒什麼了不起的！還不就是比師父高了兩級而已！」

聽到她們這段對答，黑雪公主再度沉吟。看樣子她們並不明白「9級」在加速世界中意味著什麼。9級玩家並不只是「比7級高兩級的玩家」，而是一群雖有著「國王」尊號卻受到一戰定生死這道殘酷規則束縛的囚犯……

她深吸一口氣，將快要偏離的思緒拉回正軌。一旦站上戰場，要做的事就只有「對戰」。

「沒錯，等級就只是數字。不要怕，全力放馬過來！」

她尖銳地一喊，Lagoon Dolphin那流利的流線型鏡頭眼就發出強光。

「那還用妳說！」

白沙從Dolphin深深踏進地面的雙腳下劇烈揚起，緊接著她就以滑行般的步伐，從幾近七公尺的距離外瞬間逼到Black Lotus身前。如果只靠虛擬角色的性能，單單一次踏步不可能發揮出這樣的衝刺力。

衝刺後順暢轉為攻擊的動作，也同樣看得出她經過不凡的修練。

「喝！」

她大喊一聲，左手打出中段正拳。一股旋勁依序由腰、肩、肘傳到拳頭上，甚至形成宛如空氣漩渦的現象。如果只比拳速，她固然及不上黑雪公主的「下輩」兼愛徒Silver Crow；若論沉猛，則Dolphin多半略勝於Crow。

但話說回來——

對黑雪公主來說，要擋下這一記正拳並對敵人造成重大損傷，可說是輕而易舉。

她只需把左手劍放到拳擊軌道上即可。對戰虛擬角色Black Lotus乃是「絕對切斷屬性」的結晶，單是用四肢的刀劍輕輕一碰，無論多硬多厚重的裝甲都能切開。先前能夠不靠任何武器或護具，純用虛擬角色肢體就撥開Lotus刀劍的，就只有前黑暗星雲「四大元素（Elements）」之一的「矛盾存在（Anomaly）」Graphite Edge、傳說中的狂戰士「災禍之鎧」Chrome Disaster，以及「絕對防禦（Invaluable）」Green Grandee這三人。

要是Lagoon Dolphin這記正拳與黑雪公主的劍硬碰硬，拳頭多半不堪一擊，整條左臂都會被卸下。

但黑雪公主特意不這麼做，改以左手劍側面格擋這剛猛的一拳。

Black Lotus四肢刀劍的刀刃有著絕對的切斷力，代價則是劍身側面十分脆弱。在她等級還低時，就曾多次被人看準劍身側面擊打而折斷四肢。為了彌補這個弱點，年幼的黑雪公主在無限制空間裡進行了漫長的修練，最後練出了一種將對方的攻擊帶進螺旋運動，進而將威力的向量反送回去的技法，叫做「以柔克剛」。

Dolphin的正拳只在與劍身接觸時擦出小小的火花，隨即遭到漆黑的漩渦吞噬。

「喝！」

黑雪公主短喝一聲，將威力轉向一百八十度彈了回去。小型輕量的虛擬角色站不住腳步，整個人往後飛出超過五公尺遠，背部重重摔在路面上。

「好痛！」

她忍不住輕聲呼痛，但隨即踢起雙腿靠反作用力跳起，看起來相當頑強。儘管HP計量表已經減少一成以上，她卻顯得全不放在心上，再度衝來。

「——喝啊啊！」

她喊出更加劇烈的聲音，以右手打出正拳。這一招才剛遭到徹底破解，卻只是換成用另一手就重複出招，也許自己太高估她了。黑雪公主想到這裡，正要再度用「以柔克剛」撥開這一拳時……

Dolphin的身體忽然壓低，讓身體中心軸做出錐狀旋轉，將這股旋勁灌注在右腳使出一記超低空的貼地踢。先佯裝要打出正拳，隨即轉為貼地踢。如果她是從Black Lotus四肢都是刀劍的特異外型判斷對方「身體不易維持平衡」才做出這樣的攻擊，那她的眼光可說相當優秀。這一腳掀起白沙踢來，根本無法跳躍閃避。若任由左腳劍身側面被她踢個正著，即使不至於折斷，仍然有可能因而摔倒。而且遺憾的是，黑雪公主尚未研究出如何用腳施展「以柔克剛」。

只要將左腳往外轉個九十度，Dolphin的腳脛就會撞上Black Lotus四肢的刀劍——別名被動型特殊能力「終結劍（Terminate Sword）」，導致右腳被自己這一踢的力道帶得當場截斷。但黑雪公主這次同樣沒選擇這種防禦方式，而是——

「哼！」

黑雪公主尖銳地呼喝一聲，同時將左腳劍往正下方一插。嗤一聲堅硬的觸感過後，劍身沒入對戰空間的地面幾達膝蓋。

緊接著，Dolphin的貼地踢猛力踢在黑雪公主左腳小腿肚的外側。這次終於發出了猛烈的衝擊，將半徑三公尺範圍內所堆的「城址」細沙給吹得一乾二淨。

Lagoon Dolphin的踢擊有著出眾的威力，但別說踢斷黑雪公主的左腳了，甚至無法讓對方的腳移動一公分。深深埋進地面的劍成了鐵打不動的樁，將這一腳的威力全吸收到地面去。

「…………真的假的……」

Dolphin一對水藍色鏡頭眼瞪得大大的。她收回踢出的腳，在後退的同時又低聲說了句：

「竟然給我在對戰空間的地上開了洞……」

仔細一看，站在遠處觀戰的珊瑚色虛擬角色也雙手掩嘴並仰起身子，表達了她的驚愕。

不是只用腳穿進地面就讓她們就這麼震驚，這其實是有理由的。一般對戰空間之中的地形物件——建築物、自然物件或裝飾品等等——幾乎都可以破壞。甚至可以說，這些東西之所以存在，部分理由就在於讓玩家打壞它們累積必殺技計量表，但只有地面例外。因為「破壞地面」對場地造成的干涉太大，嚴重時甚至會讓對戰無法成立。儘管有幾個小小例外，例如「冰雪」空間中覆蓋地面的冰雪可以用火焰攻擊融化，「腐蝕林」的毒沼澤也可以設法蒸發，但位於冰雪或沼澤下方的地面仍然不容侵犯。這「城址」場地也是一樣，覆蓋地面約有三公分厚的白沙可以吹開，但沙層下方的石板地面則無法破壞——本來應該是這樣，但黑雪公主單是於直立狀態下將左腳劍輕輕一送，就刺進石板達五十公分以上。

這正是「黑之王」Black Lotus體現出來的「絕對切斷屬性」威力，若是住在東京而有點資歷的超頻連線者，早就不會為此吃驚。然而，她們兩人自稱在沖繩土生土長，多半連黑雪公主是什麼人都沒聽過。無論是Dolphin還是她背後的珊瑚色，都茫然自失地看著黑雪公主無聲無息地將左腳拔出地面，再度恢復直立姿勢。

「那麼……接下來我也要開始攻擊了，不知道妳還想不想繼續打？要設成平手我也不反對就是了。」

黑雪公主這麼一說，珊瑚色就先把按在嘴前的雙拳攏成喇叭狀大喊：

「琉、琉花，夠了啦！就選她吧！」

這名被她用多半是取自海豚日文讀音（註：海豚在日文中的讀音為イルカ，後兩字與「琉花」同音）的暱稱稱呼的藍色系女性型虛擬角色，持續呆呆站著過了好幾秒。但她隨即搖搖頭，右腳用力在地上一踏。

「……還早呢！沖繩的武士怎麼可以輸給本土的日本武士！」

聽到這句喊得痛快但有點讓人搞不清楚意思的台詞，讓黑雪公主有些納悶地問：

「……妳說的『武士』跟『日本武士』有什麼不一樣？」

「那還用說！用手打的才叫武士！」

珊瑚色接著提供註釋，追過了第三次筆直衝來的Dolphin。

「這個，所謂的手，指的是空手道！」

「這樣啊……原來妳的招式是空手道啊？」

黑雪公主喃喃說完，採取斜身姿勢迎擊。剩餘時間與雙方的體力計量表都還很夠，但直覺告訴她現在就是這場對戰的最高潮。

Dolphin踢著沙子逼近，雙手用力縮到腋下，握緊的拳頭發出亮眼的水藍色光芒。她在比先前正拳間距遠了一公尺以上的距離沉腰，挺起胸膛大喊：

「『巨浪拳(Tidal Wave)』！」

Dolphin在喊出招式名稱的同時，交互擊出左右雙拳。

這兩拳的連打速度與魄力，簡直像是兩座大砲。籠罩著海藍色特效光的正拳以每秒五拳以上的速度，從普通攻擊兩倍距離處湧來。這招蘊含著一種無論對上什麼敵人、碰上什麼裝甲，都要用雙拳加以粉碎的堅定氣勢，非常豪邁。

然而第一拳還未到，黑雪公主已經有了動作。

Black Lotus高舉右膝，以左腳腳尖為支點將身體往左一轉，上半身彎到與地面平行，將右腳劍朝向對手。

接著她伸展右腳並喊出招式名稱：

「『死亡彈幕（Death By Barraging）』。」

看在對手眼裡，也許會覺得這只是缺乏速度與力量的單發橫掃。

但下一瞬間，右腳劍發出清冽的藍紫色光芒，接著就此消失。不，不是消失，是快得分裂成無數殘影。朦朧劍尖呈圓錐狀擴散的光景，就像是一把射出刀刃的散彈槍。Black Lotus這招4級必殺技「死亡彈幕」，每秒能用左腳劍或右腳劍踢出100下橫踢，並且持續足足三秒之久。落入射程範圍內的人，多半會看到無限多把以駭人密度灑下的劍。

話又說回來，已發動必殺技Lagoon Dolphin無法收招閃避，而且她似乎也不打算這麼做。

「喝……啊啊啊！」

Dolphin放出了讓少女的天真與鬥士的氣魄並存得天衣無縫的吼聲，接著她以左右雙拳高速連擊，同時衝向黑雪公主的劍圈。就在籠罩著泛綠藍光的拳頭與籠罩泛紫藍光的劍接觸的那一剎那——

發生了無數道重合在一起的純白閃光與衝擊。

如果單純比較一劍與一拳的威力，相信佔上風的是Dolphin。「死亡彈幕」並非Lotus的5級必殺技「死亡穿刺（Death By Piercing）」或8級必殺技「死亡擁抱（Death By Embracing）」這類一擊必殺的招式，而是重視攻擊範圍與段數的彈幕型招式。

只是話說回來，雙方的連擊段數差距實在太大。抵銷所有海藍拳擊後仍然剩下的幾十劍，捕捉到了從正面衝來的空手道家全身……

「哇啊啊啊啊——」

Dolphin留下了慘叫聲與衝撞造成的砰然巨響，整個人高高飛起。她身上無數中劍部位灑出橘色火花，就這麼飛到拋物線軌道的頂點，隨即整個人旋轉著下墜。體力計量表一口氣減少至不到百分之十，要是就這樣一頭栽到地上，整條計量表多半會輕而易舉地掉光……黑雪公主做出這個判斷，收回右腳後立刻展開衝刺。

黑雪公主朝Dolphin墜落的地點伸出左手劍。待流線型的頭部碰上擺成水平的劍刃，她立刻應用「以柔克剛」的技法卸開墜落勢頭，同時讓Dolphin的身體翻轉一百八十度，雙腳輕輕站上地面。

「…………………」

Lagoon Dolphin好一陣子無法理解自己為什麼還活著，但沒過多久就用力搖搖頭，直視眼前的黑雪公主……

接著她唰一聲單膝跪到沙地上，拳頭按上地面喊道：

「…………我輸了！」

這種在東京難得一見的純樸模樣，讓黑雪公主不由得面露微笑，點點頭說：

「嗯，妳打得很精彩，尤其第二招的踢腿更妙。如果從假動作變招的過程能夠再流暢一點就更好了。」

「是！大姊頭，我會從頭練過！」

她又喊了一聲，起身後雙手交叉鞠了個躬。黑雪公主還來不及納悶大姊頭是什麼意思，她就退開幾步，舉起拳頭就要打向自己胸口做最後一擊……

「哇、等、等一下啦，琉花！要談的事情都還沒談啊！」

叫聲從後方十公尺傳來，讓Lagoon Dolphin的手忽然停住。她轉身看了珊瑚色虛擬角色一眼，再轉回來面向黑雪公主，用還舉在空中的拳頭輕輕敲了敲自己的腦袋。

「糟糕！我完全忘了！」

黑雪公主看得啞口無言之餘，卻也想起了有這麼回事。從這場對戰一開始，珊瑚色就好幾次說出令人費解的話。「真正的目的」、「就挑她吧」，以及「要談的事情」。也就是說，她們兩人找黑雪公主挑戰，並不只是為了追求新鮮的打鬥，而是除了打鬥外另有不可告人的目的？

黑雪公主沉吟一聲，靜觀其變。Lagoon Dolphin再度單膝跪地，抬頭以一對水藍色的鏡頭眼直視黑雪公主大喊：

「大姊頭！我看妳這麼有本事，有一件事想拜託妳！請妳聽我們說！」

「這……要我聽倒是會聽啦……」

說著，黑雪公主朝視野上方的倒數讀秒看了一眼，發現由於對戰只交手了三回合就結束，時間還剩下將近二十分鐘，要談話應該是夠的……

但這兩位挑戰者再度跳脫了黑雪公主的判斷。

「謝謝妳！」

Lagoon Dolphin喊了這麼一聲後，接著說出一段令黑雪公主意想不到的台詞。

「那麼大姊頭，這條購物街那邊那個轉角有一家叫做『沙巴尼』的咖啡館，等我們回到現實世界的一分鐘後，就在店家前面的露天桌前見囉！」

「……什麼……咦……？」

黑雪公主發了本次對戰中最大一次呆，Dolphin在她眼前舉起右拳，毫不遲疑地擊穿自己胸部的裝甲。剩下的少許體力計量表當場掉光，虛擬角色化為藍色的飛沫消散。

她走得瀟灑，但黑雪公主連【YOU WIN！】的火焰文字都沒看上一眼，又說了一句：

「見面……是說在現實中？」

回答問題的，是站在遠處揮著手早一步消失的珊瑚色虛擬角色。

「就是這樣！有勞大姊姊了！」

對戰就此結束。

3

黑雪公主回歸現實世界之後，目光繼續凝視著對戰開始前看著的飾品店展示櫃。只不過，實際上她卻對這些用各種貝殼加工而成的可愛耳環項鍊視而不見。

她全心只想著一件事——這會不會是一個精心設計的圈套。

超頻連線者最大的禁忌，無疑是「暴露現實身分」，亦即現實中的長相、姓名、住址、就讀學校等個人資料遭其他超頻連線者得知。一旦這些資料外洩，難保不會招致最壞的結果——在現實世界中遭到物理攻擊者攻擊。無論實力多強的超頻連線者，現實中幾乎都只是個無力的國中小學生，實在很難對抗以現實暴力為背景的威脅。有時，黑雪公主不免覺得那最極致的加速指令「物理完全加速」，或許就是專供受一戰定生死規則束縛的9級超頻連線者利用的「對抗現實攻擊手段」。

不管怎麼說，個人資料對超頻連線者而言就是必須這麼嚴密保護的情報。然而幾分鐘前，Lagoon Dolphin與一個至今還不曉得名稱的珊瑚色虛擬角色，卻滿不在乎地說要跟黑雪公主在現實世界碰頭，彷彿她們從未聽過「暴露現實身分」這種事似的。

該不會，她們兩人包括對戰中在內的所有言行舉止，都是出於巧妙的演技？其實她們知道黑雪公主就是「黑之王」Black Lotus，是為了查出她的現實身分才安排這樣的圈套？

直覺告訴她，這兩人都是表裡如一、天真無邪的超頻連線者，是純粹在享受「對戰」樂趣的遊戲玩家。而且，她心中也強烈地想相信她們。

然而，如今黑雪公主所處的立場，絕對不容她因為自己的失誤而失去所有點數。儘管規模還小，但黑色軍團「黑暗星雲」已經重新出發，舉起了反抗純色六王的旗幟。

還有一件事比這些更加重要——那就是自己從梅鄉國中校內網路角落找出來的寶物，第一個也是最後一個「下輩」。他有著耀眼的白銀翅膀，遲早有一天會飛升到黑雪公主與其他諸王都難以企及的高度，要黑雪公主在中途就與他別離，她絕對無法承受……………

正當少女為了心中強烈的掙扎而顫抖時，她忽然覺得有人輕輕把手放上自己的右肩，同時耳邊傳來一個微小又遙遠的聲音。

……學姊，我們就相信直覺吧。要相信自己……教會我相信自己有多重要的，不就是學姊妳嗎？

「…………呵……也對，春雪。」

黑雪公主無聲地低語後，左手用力按了按右肩。接著她挺直腰桿，轉身走往不同方向。

少女立刻就找到了Dolphin她們指定的咖啡館。黑雪公主望向她們在對戰空間內所指的十字路口，找到了一家掛著船形招牌的露天咖啡店，但她還是做了最低限度的防備，先繞個圈子從大馬路的另一頭走近。招牌上也的確用油漆寫了店名「沙巴尼」，記得這個詞在沖繩話裡的意思是小船。

黑雪公主躲進路口斜對面的紀念品店，朝「沙巴尼」的露天咖啡座看了一眼。三張並排的桌子有兩張是空的，剩下的一張……則有兩名少女並肩坐著。

「…………有人在啊…………」

黑雪公主不由得嘆了一口氣，開始進行最後一道檢查。如果這連串發展都是個精心設計的圈套，坐在那裡的兩名少女便不會是超頻連線者，而是「誘餌」，本尊則會從附近找個不會被看見的地方監視露天咖啡座。如果情形真是這樣，對方想必會切斷與全球網路的連線。因為如果讓自己的名字持續出現在對戰名單上，就沒有辦法防止黑雪公主在發現她們是誘餌的瞬間進行加速以反撲。

「超頻連線。」

她小聲唸出加速指令，四周的建築物與觀光客應聲凍結成藍色。黑雪公主以黑鳳尾蝶（Black Lotus）的虛擬角色模樣走在「起始加速空間（Blue World）」之中，從虛擬桌面的圖示中打開「BB主機」，叫出對戰名單。名單上列出的虛擬角色名稱一共有——三個。除了她本人以外，還可以看到5級的「Lagoon Dolphin」與4級的「Coral Merrow」。

「……珊瑚礁的人魚（Coral Merrow）……原來如此……」

從名稱來看，她肯定就是先前對戰中出現的觀眾，稱Dolphin為「琉花」的珊瑚色（珊瑚粉紅）虛擬角色。這也就是說，對戰結束後，她們倆仍然持續讓自己的名字出現在對戰名單上。

「接下來……也只能相信了。」

黑雪公主輕聲說完這句話，小聲唸出「超頻登出」指令。

黑雪公主沿著樓梯上到咖啡館「沙巴尼」的露天陽台咖啡座，以鞋跟很低的便鞋踩響腳步聲，走向最裡面的桌子，看見並肩含著吸管的兩名少女迅速抬頭。

她們的年齡多半比黑雪公主小個一兩歲，稚嫩的臉孔曬得很黑，同樣露出張大了嘴合不攏的表情。要是放著不管，她們不知道會僵到什麼時候，黑雪公主只好擅自在兩人對面坐下。

店內立刻有店員跑來用沖繩話說了聲歡迎，並在桌上放了冰水與毛巾。裝置以無線方式連上店內的伺服器，顯示出菜單的投影視窗，於是她點了現搾鳳梨汁。店員高喊了一聲「現搾鳳梨一杯！」店內便傳來「好的，現搾鳳梨一！」的回應，老式果汁機發出吼聲，現搾果汁倒進大杯子中，由店員端到桌上。喀唧幾聲之後，黑雪公主的神經連結裝置中扣除了兩百八十圓的帳款……

直到以上程序全部結束，兩名少女仍然張大了眼睛與嘴巴。

黑雪公主將嘴唇湊上吸管，品嚐了一口新鮮的鳳梨汁，這才慢慢說道：

「……我想，應該是妳們兩位找我來的吧？」

這句話一出口，兩名少女連連高速眨眼，不由得「啊」了一聲，接著又連連點頭。兩人的同步動作到這時才總算結束，右側略高的少女搔了搔帶點紅褐色的短髮說：

「對不起……這個，因為大姊頭實在太靚……」

這時坐在左邊的馬尾少女也終於開了口。

「那、那個，靚的意思是『漂亮』。」

「我還以為內地的超頻連線者都像師父那樣，所以嚇了好大一跳……」

見到她們這種有話直說的態度，還留著最後一點戒心的黑雪公主也不由得莞爾。她嘴角帶著些許笑意，小聲對曬得很黑的短髮少女說：

「妳就是Lagoon Dolphin吧？」

「啊，是、是的！」

接著對有著小麥色皮膚的馬尾少女說：

「而妳則是Coral Merrow。」

「是、是的，我是……可、可是，我明明還沒對大姊姊報過名字……」

見Merrow露出真的嚇了一跳的表情，黑雪公主很乾脆地揭穿謎底表示自己先看過對戰名單了。接著少女就發出佩服的驚呼聲，說出奇妙的感想。

「原來是這樣～我還以為大姊姊也有靈媒血統呢～」

「靈、靈媒……？」

「就是指靈巫的血統啦。這丫頭也是喔～」

黑雪公主對沖繩靈巫這個詞確實有點印象，應該是在來這兒搭飛機時隨手翻閱的某本沖繩觀光書上看到的，記得意思是指民間的巫師。她當然沒有這種能力，但如果Dolphin的話可信，就表示Merrow有這樣的才能……

黑雪公主盯著坐在左前方的馬尾少女看了好一會兒，這才趕緊將思緒拉回正軌。

她們的師父，也就是「上輩」，多半不出黑雪公主所料，是從內地——東京搬來的超頻連線者。此人在這個沒有其他對戰者存在的地方收了「下輩」，把她們分別培養到4級與5級。換言之此人一定是保有相當大量點數的老手。姑且不論這兩個女孩，至少她們口中那位師父非得提防不可。

她們兩人於黑雪公主又喝了一口果汁時終於恢復了冷靜，對看一眼後相互點點頭。首先由坐在右邊的Lagoon Dolphin開口說：

「那、那個，我是久邊國中二年二班的安里琉花！」

接著換Coral Merrow說：

「我、我也就讀久邊國中，是一年三班的糸洲真魚！」

兩人同時對黑雪公主喊著「還請多多指教！」並低下了頭，讓黑雪公主不小心噴出嘴裡剩下的少許鳳梨汁。她擦擦嘴，趕緊打斷兩人。

「……等、等一下等一下，給我等一下！」

「嗯？」

Dolphin一對又大又黑的眼睛充滿疑惑地圓睜，這讓黑雪公主覺得實在離譜，但她還是決定問個清楚：

「……妳們剛剛報上的……是本名？」

「當然是了。」

回答的是同樣瞪大眼睛的Merrow。黑雪公主用指尖摸著右邊太陽穴，戰戰兢兢地問：

「……也就是說，剛剛那場對戰裡，Merrow稱呼Dolphin時叫的『琉花』，不是省略自海豚的暱稱……就只是她的本名，是這樣嗎……？」

「當然是這樣了。順便告訴大姊姊，琉花她也叫我『真魚』。她只不過比我早出生三個月，卻好會擺姊姊的架子呢。」

說到這裡，Dolphin——琉花就伸出了手，往Merrow——真魚的馬尾根部輕輕一頂。真魚不由得小聲叫出「啊嘎！」一聲，露出怨懟的表情，但琉花看也不看一眼，裝作事不關己地吸了一口顏色很濃的果汁。

看見她們兩人這種模樣，黑雪公主不由得再度微笑。但她隨即繃緊神經，清了清嗓子之後繼續問下去：

「呃……我想妳們的師父，應該已經告訴妳們一些有關……『BRAIN BURST』的規矩之類的事情才對……」

其實，黑雪公主很希望接下來的談話都能透過直連方式來進行，但從眼前的情形看來，兩人未必會用思考發聲，更別提ＸＳＢ傳輸線也留在旅館房間裡。因此她只能盡量壓低音量，但兩名少女似乎連她這麼做的理由都未意會過來。

琉花與真魚一瞬間瞪大了眼，接著她們立刻點點頭，對看一眼，先喊一聲「預備」調整說話的節奏。

「「第一，不可以用『加速』做壞事！」」

「「第二，不可以胡亂提起『加速』！」」

由於她們開始用相當大的音量唱和，黑雪公主趕緊想叫她們放低音量，但兩人卻又立刻閉上了嘴。黑雪公主維持身子探到桌上的姿勢僵在那兒，茫然地問了一聲：

「…………就這些？」

「是！就這些！」

「…………………」

黑雪公主默默坐回椅子上，又喝了一口鳳梨汁，接著用鼻子重重呼了一口氣。

說穿了，她們兩人的「師父」……這個從東京來的老資格超頻連線者，幾乎完全不曾對她們說明「BRAIN BURST」所帶來的諸多風險。甚至連「為了防止洩漏真實身分，在對戰空間內不可以用本名稱呼」這種東京超頻連線者中連1級新手都知道的大原則都沒說。

「這……看來我得跟妳們這個『師父』溝通一下啊……」

黑雪公主幾乎出於下意識喃喃說出這句話……

琉花與真魚聽了卻對看一眼，同時露出燦爛的笑容。

「大、大姊頭，是真的嗎？我好高興喔，本來我還在想說不知道該怎麼拜託妳呢！」

「什……什麼？」

琉花這句意想不到的台詞讓她不由得有些退縮，接著真魚也同樣露出滿面笑容加註解：

「我們想請大姊姊跟我們師父見一面！」

黑雪公主之後花了五分鐘，勉強從她們兩人口中問出了詳情。

首先，沖繩——說得更精確點，是這名護、邊野古一帶——有三名超頻連線者存在。黑雪公主料的沒錯，是從東京轉學來的「師父」，收了「下輩」安里琉花，再加上琉花的「下輩」

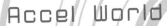

糸洲真魚。真魚似乎尚未行使複製安裝權。

這堪稱是個小小的奇蹟。當超頻連線者的必要條件相當嚴格，而且無法事先確認，一旦把BB程式傳給另一個人卻安裝失敗，就再也沒有第二次機會了。從「師父」傳給琉花，琉花再傳給真魚，這條連結能順利接起的機率相當低。今後，如果再從真魚一個個繼續往下傳，而且這種連鎖都能持續不失敗，那麼說不定就有可能在沖繩這個地方，創造出黑雪公主原以為不可能實現的「東京以外的加速社群」。

——以上的情形，也是琉花她們到最近都還懷抱的夢想。

然而到了今年，卻發生了一件令這個「夢想」挫敗的麻煩。

她們說，當初「師父」就挺身而出，試圖解決這個問題，但幾個月過去後，現在卻完全死了心，始終一副愛理不理的態度。現在正值校外教學的旺季，因此琉花與真魚想從由東京來到邊野古度假區的國高中生中尋找超頻連線者，並向他們挑戰以確定其實力。之所以要這麼做，為的是找出真正的強者，好打醒她們那失去鬥志的師父——

黑雪公主聽到這裡，思索了一會兒，扔出一個問題：

「……我是第幾個？」

「是第三個～前兩個都被琉花二話不說痛宰……」

「有、有什麼辦法？要是不夠強，師父根本不會聽他們說話啊……」

黑雪公主往對真魚這麼辯解的琉花雙手看了一眼，發現她的雙拳都長著一般女生不會長的硬繭。想必現實中的她，一定也是從小就學空手道。而且，她的對戰虛擬角色也是相當純粹的「藍色近戰型」——況且又屬於打擊格鬥型角色，幾乎可說是「完全一致（Perfect Match）」。第一次對上時，即使是中等程度的玩家，恐怕也很難對抗她俐落的身手與沉猛的拳勁。

「……唔，情形我大概了解了……可是妳們所說的『問題』到底是什麼……？」

聽黑雪公主這麼問，她們難得吞吞吐吐起來。幾秒鐘後，由真魚小聲回答：

「這……該怎麼說，實在太複雜，老實說我們也不太懂……師父說是有『惡靈』……有妖怪出現……」

「所以說，詳細情形還是得問妳們師父了……？」

黑雪公主說完，沉默了三秒鐘左右，點點頭表示：

「也好，我就去見見妳們的師父。」

兩名年幼的少女聽了，立刻再度露出燦爛的笑容。

「太好了！果然跟真魚說的一樣！」

「跟、跟她說的一樣……這是什麼意思？」

「真魚跟我說～今天我們在這裡認識的人，一定會幫我們！」

琉花的意思彷彿是說，真魚事先已預知到這次相遇，這讓黑雪公主不由得看了真魚一眼，然而真魚臉上卻只有一貫的笑嘻嘻表情。正當她開始思索該怎麼解釋沖繩靈巫的能力時，兩名少女卻忽然站起。

「那我們馬上到我家……」

「等……等一下等一下！」

黑雪公主趕緊伸出雙手按住他們，讓她們重新坐下。

「我是答應要見面，但我不想在現實（這邊）世界碰頭。妳們師父既然是東京來的，說不定是以前我在加速世界遇過的人。」

「喔～這樣啊？嗯～也許這樣真的比較好……師父那個樣子，要是讓她看到大姊頭這樣的靚妹，那可不得了。」

聽琉花這麼說，真魚發出「啊哈哈哈」的笑聲，讓黑雪公主有點擔心，但事到如今也不能退縮了。今天已經沒有時間，黑雪公主於是約好明天下午的自由活動時間再到這裡見面……接著朝顯示在視野右下方的時刻瞥了一眼。當她認知到再三分鐘就是四點時，當場心都涼了。

「糟……糟了。」

黑雪公主不小心說出這句話，對驚訝得睜大眼的琉花與真魚留下一句「那我們明天見！」就跑出了咖啡館「沙巴尼」的露天陽台。

少女沿著商店街回頭往北，衝過通往度假飯店的地磚步道。等她抵達旅館正門時，已經超出下午四點有兩分三十秒之久。

黑雪公主看到濃濃的夕陽紅光下，有一名身穿連身洋裝的少女靠在用白色石塊砌成的門柱上，於是放慢速度走過去。

若宮惠聽到便鞋的腳步聲，抬起頭一看，發現是黑雪公主後便泛起滿面笑容——她一貫那種無盡溫柔又平靜的微笑，但黑雪公主卻覺得在笑容背後看見了少許不一樣的神色，一口氣梗在胸口。

惠左手提著一個離開旅館時沒有的小小紫色紙袋。黑雪公主的目光一瞬間停留在紙袋上，接著在一公尺前方停步，低頭說：

「……對不起，我遲到了。」

「不用道歉啦，公主，才兩分鐘左右。」

惠說著又笑了笑，但她的聲調與表情果然透出了不尋常的色彩。那多半是一種……類似寂寞的心情。理由一定是因為黑雪公主雙手空空，跟惠不一樣。

「不……我還有一件事得跟妳道歉。對不起，惠……我沒挑到禮物。」

沒錯。黑雪公主與惠在三十分鐘前，為了互買紀念品送給對方而分開，說好在這裡碰頭。

但黑雪公主的心思完全被剛分開後進行的對戰，以及之後在現實世界當中的談話所佔據，一不小心就用完了時間。

黑雪公主低頭道歉，惠只是輕輕拍了拍她的左手，以開朗的聲調說：

「沒關係啦，公主，旅行還有這麼多天……還多得是時間可以……找……紀念品……」

這句話說得斷斷續續，再也說不下去，讓黑雪公主驚覺不對，抬起頭來。

幾乎就在同時，眼前的惠在夕陽照耀下，兩行清淚從臉頰滑落。一滴滴淚水發出橘紅色寶石般的光芒，接連在正下方的地磚上濺開。

「惠…………」

黑雪公主以沙啞的嗓音喚了她的名字一聲。惠退開一步，用右手用力擦了擦眼角。

「奇、奇怪，我是怎麼了……我明明沒打算這樣……對不起喔，公主，我真的……什麼事都沒有，只是…………」

惠嘴角掛著笑容，眼淚卻停不下來。過了一會兒，她似乎放棄強顏歡笑，轉過身去以顫抖的嗓音說：

「……對不起，我先回房去了……離集合還有點時間，公主妳慢慢來……」

好友說完就快步跑開，黑雪公主只能看著她的背影遠去。

她就這麼呆呆站在原地將近十秒鐘，之後才往身旁的門柱靠上去，呼出一口長氣。

「我…………真是個笨蛋。」

在肺裡空氣快要吐光時才擠出的聲音，細小得連她自己都嚇一跳。

「……虧我還不可一世地告誡春雪跟拓武，說別只顧著加速世界而荒廢現實世界……結果自己卻弄成這樣。」

一閉上雙眼，微微透進夕陽紅光的眼瞼下就浮現出好幾張面孔。

任由一頭栗色長髮在風中舞動，露出端莊微笑的倉崎楓子——「Sky Raker」。

剪得整齊清潔的黑色瀏海下，笑容稚嫩卻堅毅的四埜宮謠——「Ardor Maiden」。

接著是不曾在現實中見過的伙伴，全身裹在透明水流之中的虛擬角色「Aqua Current」與有著黑鉛光澤輪廓的「Graphite Edge」，跟著還有許多對戰虛擬角色先後閃過。他們全都是兩年半前垮台的「第一代黑暗星雲」團員。黑雪公主犯下的過錯造成了一場悲劇，讓她再也找不回這些情誼，只能在心中回想這些殘像。

「……我……其實，已經沒有資格尋求什麼友誼…………」

黑雪公主喃喃自語，用心中的眼睛看著自己的右手。五根白皙手指的形影搖動消散，隨後出現一把漆黑的劍。一把能夠斬斷萬物，也因此拒絕一切，無法與任何事物接觸的刀刃——

就在這時。

前方伸來一隻胖嘟嘟的手，輕輕握住了這把浮現在黑暗背景下的銳利刀刃。

劍立刻變回原來的五根手指。黑雪公主死命與這隻手相握，抬起頭來一看，站在眼前的正是那個比她小一歲的圓臉少年。少年有些緬靦，對她露出鼓勵的微笑，以堅定的聲調說：

『對我伸出援手的人，就是妳啊，學姊。』

「……………對，你說得對啊，春雪。」

黑雪公主答出這句話，雙眼一睜，用力握緊右手。她把手貼在胸前，立刻開始拚命飛奔，去追多半是跑回旅館的惠。

4

海水閃著帶了點金色的綠光。

但是，在西風吹拂下形成無數波紋搖曳的卻不是水，而是長得很高又柔軟的草。四面八方全是一望無際的草原汪洋，現實世界的日本沖繩本島不可能有這種規模。

草原上看不到任何人工建築物，甚至沒什麼比較大的樹或岩石。說得上有變化的，就只有平緩的丘陵，以及流過其間的小溪。整片地形極為缺乏起伏，唯一醒目的，唯有從草原中平滑突起的某個半球狀移動物體。

這個呈平緩橢圓形的半球體，長軸直徑超過四公尺。上半部的表層密不通風地排滿了正六邊形的板塊——「裝甲板」。看上去是有著金屬光澤的灰綠色，似乎極為堅硬。

半球的下端則合計有六個開口，其中四個伸出粗短而孔武有力的支撐．移動用器官，也就是「腳」；後方開口則伸出了尖銳的「尾巴」；至於前方開口處伸出來的，則是形狀有幾分像龍的「頭」。只見牠以無數根並排的巨大臼狀牙齒，連根拔起眼前的草大聲咀嚼。

也就是說，就整體來看，可以判斷這個巨大生物是「烏龜」——屬於陸龜類。但就跟這汪洋般的草原一樣，現代日本不可能會有這麼巨大的烏龜存在。不，真要說起來，就連五百萬年前絕種的地球最大龜類「Stupendemys geographicus」，龜殼直徑最長也只有二點五公尺。

這個草原並非存在於真正的日本沖繩本島，這隻烏龜也不是真正的生物。

這裡是由神祕遊戲程式「BRAIN BURST 2039」所創造的另一個日本。這片一望無際的草原，真名叫「無限制中立空間」，處於不為人知的VR世界高階層級「加速世界」之中。這隻龜殼直徑長達四公尺的巨大陸龜，則是棲息在其中的活動物件。種族專有名稱為野獸級（Wild）公敵「鐵甲陸龜（Armor Clad Tortoise）」。

就如公敵這個名詞的字面意思，包括這隻巨大烏龜在內，該世界的居民對於訪客——亦即「超頻連線者」——而言都是敵人。無論是多麼小型，看起來多麼無害的個體，一旦有超頻連線者進入牠們的攻性化範圍（Aggro Range），全都會二話不說地展開攻擊。而且公敵很強，強得令人難以望其項背。對於才剛得到連進無限制空間權限的4級超頻連線者來說，如果只憑自己一個人，別說野獸級，就連想打贏小獸級（Lesser）都是百分之九十九的不可能。若換成了更高階的巨獸級（Beast）、神獸級（Legend），則可說根本是大規模浩劫，光在地平線遠方看見牠們的影子就該趕緊避開。

公敵雖然如此可怕，但在沒有闖入者（超頻連線者）存在的時空間裡，牠們就只是棲息在其中的生物，與現實世界的野生動物無異——不，從某個角度來看，甚至遠比現實中更加和平，因為公敵之間不會互相爭鬥。同級公敵之間各有各的固定地盤，幾乎不會相互接近，而且牠們對於更高階或更低階的個體也沒有興趣。就像眼前嚼著草的這隻鐵甲陸龜一樣，只在廣大的世界裡隨興地走來走去、睡覺、進食。

不對。

一陣風將危險氣息帶進了和平的草原。大烏龜茫然抬起頭來，伸長脖子，往南方瞪了好一會兒。

忽然間，牠便以和先前大異其趣的敏捷動作往北回頭，踩出地鳴聲開始奔跑。在遠景還可以看見其他同種類的烏龜與外觀類似大象的大型公敵，也都開始朝同一個方向移動，彷彿見到了某種可怕的事物而想要趕快逃離。

幾秒鐘後，「那個物體」出現在南方的地平線上。

這個流線型的輪廓，全長高達有著巨大烏龜五倍以上。牠扭動形狀像砲彈、又像刀刃般銳利的軀幹，用像在草原之海游泳似的動作高速衝來。

這全長達二十公尺的巨大身軀之所以能快速前進，是靠著從軀幹下方延伸出來的四隻腳。牠的腳雖然短，肌肉糾結隆起的程度卻非烏龜所能相比。粗而銳利的鉤爪牢牢抓住地面猛蹬，賦予了巨大身軀飛快的速度。往後方延伸的長尾巴，也幾乎完全碰不到地面。

長矛般尖銳的鼻頭兩側，各有一隻像鏡頭般不帶感情的眼睛發出紅光，下方則有一張嘴緩緩開閉。每當下顎一動，就可以看見無數有著大型劍刃尺寸的白牙若隱若現。

這東西概略的形狀很接近鱷魚，但印象顯然不同，相信稱之為「恐龍」也不為過。牠當然跟這些逃竄的烏龜同樣屬於公敵，但尺寸與存在感都不可同日而語，肯定是超越巨獸級，也就是稱為神獸級公敵的加速世界最強暴君之一。

恐龍身軀上密不透風的鱗片閃著藍黑色光芒，以駭人速度在草原上衝刺，轉眼間便已逼近拚命奔跑的鐵甲陸龜。恐龍於即將發生追撞之際高高跳起，在空中張開有著成排獠牙的嘴，隨即順勢以尖銳的角度俯衝，最後發出驚人的衝撞聲落地。爆炸般盛大的煙塵中，只見尖銳的鼻頭慢慢出現。

牠那張巨大的嘴，叼著可憐的陸龜。陸龜由於龜殼被牢牢咬住，無論四肢怎麼扭動掙扎，就是沒辦法掙脫。恐龍的眼球發出深紅色光芒，嘴巴周圍的肌肉開始扭動。獠牙在有著金屬光澤的龜殼上，激出瀑布般盛大的橘色火花。

霹啪一聲尖銳而清脆的聲響響起，同時陸龜也停止掙扎。厚重的龜殼上竄出一道道縱橫交錯的細長裂痕。這些裂痕迅速爬遍陸龜全身，軀體內部跟著漏出淡藍色光芒。下個瞬間——

野獸級公敵鐵甲陸龜，就在掠食者嘴裡化為成千上萬的玻璃碎片爆炸消散。

巨龍牢牢咬合的嘴角微微一歪，再度奔跑於草原上。一對飢渴的紅色眼睛，從草原之海上逃竄的眾多低階公敵中，挑定了下一個獵物。

慢慢加快速度的巨龍背上，有著看似船帆的背鰭高高豎起，而背鰭前側還有另一個小小的突起。

那不是恐龍原有的器官，而是一種異物——另一種會活動的物件。只不過，異物並非其他寄生在恐龍身上的公敵。這個全長一公尺又數十公分，只用兩隻腳直立的影子，顯然是人——也就是對戰虛擬角色。恐龍就這麼讓與公敵水火不容的敵人站在自己頭上，也沒試圖甩開，只是繼續在草原之海裡游動。

對戰虛擬角色下垂的兩隻手上，握著細長的鎖鍊。鎖鍊往左右延伸幾公尺長，連接著從恐龍下巴繞到頭上的帶子，看起來就像是用兩條韁繩駕馭馬匹的騎手。巨大恐龍讓這個神祕的超頻連線者騎在自己背上，為了繼續殺戮而往地平線彼端衝刺。

幾十秒後。

回歸寂靜的草原之海裡，有個小小的影子探出頭來。這個影子也是超頻連線者，其造型很單純，是以直線為基調，但裝甲色是深紅色，照理說在綠色的草原上應該極為醒目，就不知道巨龍為什麼會放過這個虛擬角色。

虛擬角色對恐龍跑遠的方向投以嚴峻的視線，隨即輕聲嘆了一口氣，轉過身去。他，或者是她，朝著與恐龍相反的方向走遠後，整個世界又只剩下寧靜的風聲，再也沒有任何事物打破這陣沉寂。

5

梅鄉國中的一百二十名三年級生裡頭，選擇邊野古．與論島行程的六十一人，全都住在一棟客房超過四百間的大型度假飯店。這棟飯店面向過去稱作「施瓦布營區」的海角中一處美麗淺灘，朝北窗戶能看見綠意盎然的邊野古岳，朝南窗戶則可以眺望遼闊的太平洋。

但黑雪公主走出電梯後，對窗外卻看也不看一眼，就這麼在走廊上小跑步前進。一走近她分配到的七二八號房，虛擬桌面上就顯示出開關門鎖用的視窗。視窗右側一個閃爍的圖示，顯示同房室友待在房裡。

她在厚重的天然木材房門前停步，深深吸一口氣之後，敲了兩次門。

「惠……是我，我進去了。」

她小聲對自動開啟的門鈴對講視窗這麼說完，也不等惠回答就解除門鎖，轉開門把進房。

這個對國中校外教學來說顯得有些奢侈的海景雙人套房裡，光線頗為昏暗。所有燈光都被關掉，唯獨海面上與夕陽融成一片的金光低調地穿透蕾絲窗簾射進房內。

南北向的狹長房間裡，兩張床並排在靠西側的牆邊。內側床鋪上有一團隆起的毛毯，床頭櫃上放著一個小小的紫色紙袋。

黑雪公主打赤腳走進房裡，在內側床的旁邊輕輕坐下。

毛毯底下的若宮惠像個孩子般縮成一團，但她似乎沒有入睡，隔著床墊傳來縮起身體的顫動。看見友人像個心靈受創的稚兒，讓黑雪公主胸口又是一陣刺痛。

……我對她真的一點也不了解，甚至根本就沒試著去了解……

黑雪公主在一陣心痛中咀嚼著這種認知，開口說：

「……對不起，惠，我實在太愚蠢了。」

此話一出，意外地刷毛布料的毛毯下很快就有了回答。

「不是這樣，公主沒有錯。是我……只是我自己會錯意。我以為……這次旅行……以為就只有這七天……我可以……獨佔公主……」

惠說到這裡停頓了一瞬間，接著拉起毛毯邊緣，身體縮得更小了。

「啊、啊哈哈……我在說什麼呀。對不起喔，公主，我一直在胡言亂語。請妳忘掉……全都忘掉。不用擔心，再過一下，我就能變回……原來的我……」

她嘴上這麼說，嗓音卻劇烈顫抖，混進了哭聲。

黑雪公主緊咬嘴唇，下定決心轉過去面向惠。她爬到床單上，右手輕輕放上惠的背，慢慢撫摸惠頻頻顫抖的纖細身體，隔著毛毯輕聲對友人說：

「惠，妳聽我說。」

她鄭重語氣，下定決心說下去：

「——白天時，妳在海灘上說的沒錯。我……除了這個現實世界之外，還另有一個過著不同時間的世界。」

「……」

「我第一次造訪那個世界是在七年前，當時我才八歲。此後，我每天有一半……甚至不只一半的時間，都待在那個國度。對我而言，投入的時間已經多得讓我分不清楚哪一邊才是真正的現實……」

黑雪公主不知不覺輕嘆了一口氣。她並未注意到惠的身體已經不再發抖，只是繼續說出這段不曾告訴別人的獨白：

「尤其上了國中，搬出來住以後……更是連自己到底屬於哪個地方，還有『我』這個概念到底是怎麼回事，都變得愈來愈模糊。妳說我之所以能重新找到自己的路，是因為去年秋天遇見了有田……這句話有一半對，一半錯。因為他跟我一樣，是屬於『那個世界』的人。」

惠不是超頻連線者，這件事或許不該說出口，但黑雪公主並未猶豫。因為少女堅信，要是他在場，一定會勸自己把內心的話全都真摯地說出來。

黑雪公主深吸一口氣，更加堅決地說下去：

「惠，我剛進梅鄉國中時，滿心都是迷惘、徬徨，全都多虧妳救了我。從妳在入學典禮剛結束，問我要不要一起吃午餐的那時候起，全靠妳把我牢牢繫在這個世界。我以『那個世界』為媒介的許多情誼早已喪失，雖然現在又開始慢慢恢復……但把我留在『這個世界』的友情，我的朋友，就只有妳一個啊，惠。」

黑雪公主這番話感情真摯，毫無虛假，但惠不了解加速世界的詳情，不曉得能聽進幾成。換個角度來看，這番話可說十分自私。這種說法，等於是在宣告黑雪公主這個存在分屬兩個世界，只有一半讓惠用她的情誼繫住。

但正因為是好友，黑雪公主才更不想說謊。對於已經失去的那群加速世界之友，黑雪公主仍想再見他們一面，這種心情是難以抹滅的。然而這種感情，與她對若宮惠所抱持的親愛之情卻又似是而非。因為黑雪公主並不是基於加速世界的叛徒——黑之王Black Lotus的立場，而是單純以一個平凡國中女生的立場，想跟惠親近。

黑雪公主想隔著毛毯傳達份心意，將所有心意——若在加速世界該稱為「心念」——灌注在右手掌心。

過了一會兒，惠扭著身體轉過來，從白色的被單下露出一頭輕柔飄逸的短髮。她用毛毯包住身體，就像穿著斗蓬似的只露出一張臉，慢慢坐起上身，正對黑雪公主。黑雪公主注意到她眼睛濕潤、眼皮紅腫，正要咬緊嘴唇時——惠卻搶先一步有了動作。

惠的頭輕輕靠上黑雪公主右肩，同時以幾乎聽不見的音量說：

「……謝謝妳，公主。妳說的這些，讓我好高興好高興。可是……可是……對不起……」

她說話的聲音再度摻進哭聲，於是黑雪公主用手圈住她的身體，悄聲問道：

「為什麼要道歉？妳根本不必道歉。忘記約定的人是我……」

「妳誤會了。」

惠在黑雪公主肩上頻頻搖頭。

「我不是指紀念品。我……其實從更早更早以前……就有一件事得對公主道歉……」

從毛毯下伸出的兩隻手，輕輕包住黑雪公主的雙手。惠的臉從黑雪公主肩上移開，積著大滴淚珠的雙眸在極近距離用力眨了一下。滑落的水滴掉在床單上，形成灰色的水漬。

「……我那個時候……其實……」

但她還沒說出接下來的部分，便有一個無機的通知音效佔據了兩人的聽覺，同時一個召集校外教學執行委員的視窗遮住了彼此臉龐。晚餐前要與老師一起開的定期會議，將在五分鐘後舉行，她們兩個學生會委員也都名列執行委員。

惠再次用力握住黑雪公主的雙手，但她隨即放鬆力道，身體也向後退開。接著，惠從邊桌上抽出面紙，擦了擦兩眼說：

「……這可不能蹺了呢，公主。妳等一下，我馬上準備好。」

她說這句話的聲調，幾乎已經完全恢復成平常擔任學生會書記的她。黑雪公主還來不及出聲，惠便已下床進了洗手間。

「……惠……」

黑雪公主喃喃自語之餘，視線轉向床單。淚水於短短幾秒鐘前所留下的痕跡，此刻已經完全消失。

當這場包下旅館餐廳一小時的吃到飽式晚餐開始，惠便完全像平常那樣照料起黑雪公主。黑雪公主平常在外面獨居，因此總以中意餐廳所販賣的冷凍包裝食品為主食，有些偏食的傾向。儘管她並非討厭特定材料，就只是不喜歡吃一些「不太清楚是什麼東西的食物」，但沖繩菜裡就有不少這類難以辨識的物件，所以萬萬不能大意。

不過，惠卻擅自拿來各種菜色堆到黑雪公主盤上，還在一旁講解「這是麵筋炒蛋」、「這是沖繩絲瓜湯」之類的，讓黑雪公主覺得不吃都不好意思。少女戰戰兢兢地將餐點送入口，發現確實美味，不知不覺間每種菜也全都進了五臟廟。

之後的洗澡時間裡，情形也幾乎一樣。黑雪公主彷彿被當成了小孩，不但讓惠洗頭，洗完還讓她幫忙吹乾，到最後有點泡昏頭地回到房間。才剛坐到自己的床上喘口氣，礦泉水的瓶子便已遞到眼前。

「公主請用。」

「謝……謝謝。」

黑雪公主道謝後接過瓶子，喝了三口冰涼的水，這才忍不住發出短短的笑聲。

「呵、呵呵……感覺好像變回了什麼事都不會做的小孩子。」

「哎呀，偶爾一下有什麼不好？在學校裡副會長的工作那麼辛苦，至少校外教學時該好好休息嘛。」

「妳的書記工作明明也很辛苦。」

兩人對看一眼，相視而笑。

梅鄉國中的學生會幹部在每年十月進行改選，黑雪公主與惠在一年級第二學期加入執行部時是負責雜務工作。當時惠算是陪著參加，但黑雪公主一直把真正的動機瞞著友人，自然覺得問心有愧。

黑雪公主之所以參加學生會，完全不是想為全校學生服務，只是想得到校內網路的高階存取權限——要把梅鄉國中當成保護自己的堡壘，免於受到六王派來的追兵攻擊，就一定得掌握住校內系統。當然，她自認對幹部該做的工作並未敷衍，但也沒有什麼高尚的理想。

她正想著總有一天得針對這點正式向惠道歉才行，緊接著就聯想到幾個小時前惠所說的一句話。

惠第一次在黑雪公主面前流淚，說從很久以前就有事非得道歉不可。

黑雪公主完全想不到是哪件事。她心想，與其繼續這樣彼此煩心，還不如現在主動詢問，於是正色準備開口。但惠似乎看出了她的心意，迅速窩到自己床上，轉過身來說道：

「好啦，明天的行程也排得很滿，今天就先睡了吧。」

「……嗯、嗯嗯……也對。」

黑雪公主點點頭，惠用手指劃過虛擬桌面，將燈光調暗。

南側窗戶並未拉上窗簾，遠比東京明亮的月光照了進來，將房間染成淡藍色。南國月光彷彿有某種魔法般的波長，讓黑雪公主的眼瞼突然變得十分沉重。

她一頭倒到床上，感覺意識就這麼被吸往深處。一閉上眼，就有一條毛毯輕輕蓋到身上，耳邊還能聽見一個小小的說話聲。

「晚安，公主。」

6

翌日，四月十七日，星期三，從一大早就十分晴朗。

邊野古海灘這個月上旬才剛開放，但由於氣溫不到中午就超過三十度，梅鄉國中的大部分學生都下了水。有人套著游泳圈漂在海上，有人互相潑水玩樂，看上去倒也挺開心的，但黑雪公主卻與昨天一樣，全身無力地待在沙灘陽傘下。

「呼～～」

她長聲吁一口氣，從身旁桌上拿起裝著椰子汁的杯子喝了一口。換翹起另一隻從黑色泳裝伸展出來的腳，又用手指把滑落的墨鏡往上推。

「……公主，妳看起來一點都不像國中生呢。」

惠從隔壁躺椅上以傻眼的表情這麼說，於是黑雪公主笑著彈了彈這頗大的杯子表示：

「如果這杯是真正的鳳梨可樂達就更完美了。看樣子這裡公共攝影機拍不到，要不要試試看飯店給不給我們點？」

「那麼，我要點藍色冰凍瑪格麗特唷。」

「…………不，算了吧。要喝瑪格麗特還太早了。」

她清了清嗓子，往虛擬桌面右下角一看，時刻已經過了下午十二點三十分。

今天上午的行程是參觀沖繩工業高專及邊野古水壩健行，儘管饒富趣味，卻也十分費力，讓她的體力計量表耗損了一大段。而且，讓她覺得身體沉重的原因還不止這一個。今天早上六點，她幾乎就在醒來同時接到了有田春雪從東京打來的直連通訊。

在黑雪公主讀取出來的虛擬空間裡，他先對冒昧呼叫一事道歉，並解釋這麼做的理由在於「因為跟學姊一直分處兩地很難受」。黑雪公主覺得被這句話一箭穿心，卻又憑直覺猜到事情並非這麼單純。遠在一千六百公里外的梅鄉國中肯定出了什麼事折磨他，把他逼得無路可逃——而且問題多半源自加速世界。

但黑雪公主並未追問。儘管「發生什麼事了」這句話差點就脫口而出，她還是拚命自制。有田少年不主動說出這件事，就表示他努力想靠自己的力量解決問題。若他出口要求，黑雪公主便打算立刻編造個理由從沖繩飛回去，但現在還不是時候。現在應該相信他……把事情交給自己這個唯一的「下輩」處理。

儘管內心這麼決定，不安感卻沒這麼容易忘記。黑雪公主以深呼吸的方式拋開重重壓在雙肩上的憂慮，在內心自言自語。

——春雪，你要加油。我也會在這個地方，做超頻連線者該做的事。

所謂「該做的事」，就是指昨天那兩名突然主動接觸的沖繩少女所提委託，但現階段詳情依舊不甚明朗。目前只曉得這裡的加速世界出了問題，兩人為了這個問題而請黑雪公主跟她們的「師父」見面。不過儘管黑雪公主答應了，但仔細想想自己明天早上就要離開邊野古，前往位於北方有好一段距離的與論島。但願這個問題能在離開之前解決——無論如何，一切都得先跟她們口中的這個師父談過再說。

黑雪公主坐起上身，摘下墨鏡，喚了隔壁躺椅上閉著眼睛的好友一聲：

「惠……」

惠睜開眼睛，微微歪頭，黑雪公主又對她低頭致歉，之後才說：

「昨天真的很對不起，今天我一定會買紀念品回來的。我會把整條商店街從頭逛到尾，找出最適合妳的禮物。」

惠聽了後連連眨眼，張口想說話，卻又先閉上了嘴，深深吸一口氣，接著露出滿面笑容點點頭：

「好的……公主，我會期待的。」

黑雪公主繼續在海灘上悠哉地待到下午兩點，接著留下惠一個人，先行回到旅館。

她和琉花及真魚兩人約好，下午三點要在昨天那家咖啡館碰頭。為了跟惠分頭行動而拿要買驚喜禮物當藉口，固然讓她覺得過意不去，但總不能讓惠同行。像這樣「要隱瞞現實世界朋友的事情變多」也是超頻連線者必須背負的諸多詛咒之一。擁有加速這種能力，是需要付出代價的。老資格超頻連線者常說得到多少就會失去多少，但像黑雪公主則認為最終來說這種收支多半會是赤字。

畢竟，等到所有點數耗盡，導致BRAIN BURST遭到強制反安裝，就只會剩下莫大失落與空虛的現實。加速世界裡有個可怕的傳聞，據說超頻連線者一旦永遠退出，與BRAIN BURST有關的所有記憶都會被消除……但有時她也不免覺得，如果這個傳聞真有其事，那麼這個處罰同時也是一種救贖。

黑雪公主轉著這樣的念頭，脫掉泳裝換上便服，再度走出旅館後先停下腳步，深深吸滿一口明亮得不像四月的陽光。

「…………好！」

少女低呼一聲轉換心情，快步走向正門。現在才兩點十分，有充分時間可以遵守她與惠之間的約定。別只顧著加速世界而輕忽現實世界——這就是「黑暗星雲」軍團的第一團規。

她以平底便鞋穩穩踩著地磚，快步朝緊鄰度假區的商店街走去。

黑雪公主花了四十分鐘挑好紀念品，珍而重之地收進手提包，隨即走向咖啡館「沙巴尼」。聽到二樓陽台傳來大音量的喊聲，讓她不由得縮起脖子。

「喂～大姊頭～這邊這邊！」

抬頭一看，昨天打過的Lagoon Dolphin——安里琉花，與她的「下輩」Coral Merrow——系洲真魚，就在桌旁用力揮手。今天她們倆都穿著看似國中制服的水手服。仔細想想，現在還是平日下午，她們多半是為了趕上比昨天早了三十分鐘的約會，才會放了學就直接過來。

對此黑雪公主是沒什麼意見，但這條商店街上，包括外國人在內的觀光客絕對不算少數，純白水手服實在極為醒目。黑雪公主在超頻連線者偏好低調的習性驅使下，放低姿勢小跑步登上露天陽台，在桌旁坐下後喘了一口氣。今天她點了現搾芭樂汁，店員迅速送來飲料後先啜了一口，這才有心思好好看看眼前的兩名少女。

記得琉花是二年級，真魚一年級，兩人年齡還只差三個月，所以這多半表示琉花早讀而真魚晚讀。從年齡來看，兩人應該都只有十三歲加減幾個月，但她們給人的感覺卻比實際年齡更加稚嫩。一般超頻連線者都會顯得早熟，這種傾向在等級愈高的玩家身上愈是明顯。但她們都已經分別升上5級與4級，該稱得上是老資格的玩家，卻完全沒有這樣的跡象，真不知道當中到底有什麼理由……

黑雪公主腦中想轉著這樣的念頭，茫然看著琉花她們各自從書包裡拿出用了很久的神經連結裝置，並且佩戴到曬黑的脖子上。她們脖子上的「裝置曬痕」清晰得令人意外，但記得上午參觀的沖繩高專學生說過，沖繩縣的公立學校當中，只有那霸的極小一部分學校已經採用VR

授課。也就是說，她們之所以從小佩戴神經連結裝置，是為了教育以外的理由……

「那麼大姊姊，我們今天要去『上層』囉。」

忽然聽到真魚抬起頭來這麼說，讓黑雪公主皺起眉頭「嗯」了一聲。兩人也不在意，深深吸一口氣：

「預備！三、二、一、無限超……」

黑雪公主把第二口芭樂汁噴了少許出來，趕緊伸手按住她們兩人的嘴。

「等……等一下，等一下等一下！」

「唔、唔唔！」

「妳們兩個，該不會是想在這裡連進無限制空間吧？」

「唔唔！」

「不、不可以，再怎麼說都不可以！連斷線保險裝置都沒準備就做這種事，要是回不了傳送門該怎麼辦！」

「唔、唔……唔唔……」

這時兩人的臉色都有點泛紫，於是黑雪公主戰戰兢兢地放手。看見琉花與真魚「噗哈～」一聲喘過氣來後並未想再念一次指令，她便站了起來。

接著黑雪公主繞到兩人身後，二話不說抓起水手服的後領，盡可能用最嚇人的聲調說：

「連線地點讓我來選，妳們沒有意見吧？」

兩人像小貓般被提了起來，只能連連點頭。

黑雪公主領著——或說是押送——琉花與真魚來到的地方，是她住宿那間度假飯店所提供的完全潛行上網用空間。本來用七樓的房間最安全，但要是被發現私帶客人進入旅館，可是會挨校方與旅館業者罵的。

看樣子，兩人平常只有從外頭看這棟旅館但從不曾進來過，因此稀奇地張望著挑高天花板上的吊燈與一樓咖啡廳內部等裝潢。琉花與真魚還想多看看，然而黑雪公主直接推著她們的背沿樓梯上到二樓，來到一處外觀有點像高級咖啡館的上網區，接著透過櫃臺付了兩人份的追加費用。黑雪公主本人則因為是房客，所以能免費使用。

兩名國中生被推進四人用的小包廂，還說「隨便找個地方就好了啦」、「不用擔心啦，真有什麼事情，店員會幫我們拔線」，但看到她那種有田少年偷偷命名為「極凍黑雪式微笑」（這也就表示黑雪公主當然知情）的笑容，立刻安靜下來。

黑雪公主從包廂備有的櫃子裡拿出三條XSB傳輸線，迅速插上沙發前矮桌上內建的有線式路由器。接著，她先讓兩人關掉神經連結裝置的無線全球網路連線功能，再二話不說將另一端的接頭插進裝置上的直連用插孔。

插線時琉花與真魚紅著臉發出「啊」、「不要」的叫聲，但黑雪公主懶得花工夫吐槽她們這種反應，於是不予理會，逕自在路由器上設好定時器，五分鐘後自動斷線。即使只有五分鐘，但在斷線機制發動之前，在內部仍有長達五千分鐘——相當於八十三小時有餘的時間。如果問題嚴重到這樣還解決不了，那就表示靠黑雪公主一個人幫忙終究不夠。

最後，黑雪公主再把第三條ＸＳＢ傳輸線接到自己的神經連結裝置上，看著坐在對面的兩人說：

「妳們聽好。我會遵守約定去見妳們的師父，但我可不能保證見了面會發生什麼事。最壞的情形下，我甚至有可能跟那個人打起來，妳們得做好心理準備。」

「「好的！」」

兩人同時很有精神地舉手答應，讓黑雪公主擔心她們是不是真的聽懂。然而這位相對年長者終究還是開了口，進行起倒數讀秒。

「那麼，我數到五就一起連線。五、四、三……」

「啊，大姊頭等一下！」

琉花突然發出驚呼聲，這次換她摀住黑雪公主的嘴。

「怎……怎麼了？」

黑雪公主轉頭朝琉花一看，看到她用食指按住嘴唇，用眼神比了比坐在她左邊的真魚。

這名少女一直到幾秒鐘前，都還很有精神地等著配合時機唸出連線指令，現在卻變得完全不一樣。

只見她甩著綁成馬尾的頭髮，上半身緩緩前後搖動。那朦朧的雙眼不知道在看什麼地方，嘴唇更吐出極低的說話聲，但聽不出到底說了什麼話。

「她、她怎麼……？」

黑雪公主正要探出身子過去看個仔細，琉花卻再度制止她，湊過去輕聲細語說：

「她靈巫的血統……顯現出來了。」

「……」

黑雪公主半信半疑，茫然地看了一會兒，真魚的異狀已經停止，就跟發生時一樣唐突。等她連連眨了幾次眼睛並將臉轉往右方後，已經完全恢復平常的表情。少女以一對深海色的眼睛盯著黑雪公主，以天真的聲音說：

「大姊姊，還少一條～」

「…………少一條什麼？」

「這個，這種線。」

說著，真魚捏起從路由器連到自己神經連結裝置上的ＸＳＢ傳輸線。黑雪公主不由得用母光在狹窄包廂內掃過一圈，但這裡當然只有她們三個人在。包廂門已經用黑雪公主的電子鑰匙上了鎖，所以不會有其他人進來。

然而，真魚的眼神中卻有著不容分說的肯定。黑雪公主彷彿受到冥冥中的引導般，伸手從沙發旁的櫃子裡拿出第四條ＸＳＢ傳輸線，並將其中一頭插上路由器。這樣一來，所有的傳輸線跟接孔都用上了。

「……那麼，這一端的接頭要插在哪裡？」

對於這個問題，真魚笑嘻嘻地回答：

「請隨便放著就好～」

「………………」

黑雪公主完全莫名其妙，但實際上也只能這麼做。她將接頭放到桌上，最後又搖了搖頭，這才重新開口。

「既然如此……這次真的要開始了，數到五就一起連線。」

她等琉花與真魚都點了點頭，才開始倒數：

「五、四、三、二、一，無限超頻！」

三張嘴同時發出開啟通往真正加速世界「無限制中立空間」之門的咒語。一層彩虹色光芒罩住視野，將意識從現實分離出來，同時黑雪公主則無聲地呢喃道「真拿她們沒辦法」。

黑之王Black Lotus在東京都二十三區裡，乃是無人不知的秩序破壞者，反叛六王的逆賊，卻從昨天以來就一直被這兩個少女牽著走。但她同時也覺得這非常新鮮、非常令人懷念。簡直就和當初剛成為超頻連線者時，只能乖乖聽前輩們的話跑來跑去那段日子一樣……

黑雪公主陶醉在這樣的感慨當中，並未自覺到她只顧著帶領這兩位少女，放鬆了平常絕對不會擱下的戒心。

具體來說，她忽略了柱子後面有一道視線，看著她帶領兩名少女前往上網區。

等她們三人一進入包廂，這道視線的主人便快步走向上網區。

7

以黑雪公主以浮游移動方式出了度假旅館後一回頭，便隔著虛擬角色的護目鏡看見一棟已經半崩塌的建築物。

外露的鋼筋鏽成深紅色，水泥也嚴重破損龜裂，但整體結構與地形則幾乎完全沿襲原來的旅館。邊野古即使在沖繩也算不上什麼大城市，但看來公共攝影機網路在這裡也架設得十分完備。這也就是說，無限制中立空間同樣從遠在一千六百公里外的東京一路延續到這裡。

黑雪公主再次體認到加速世界的遼闊。她仔細看看周圍荒涼的光景，喃喃說道：

「這……應該是『風化』場地吧。」

這回站在她背後的Lagoon Dolphin與Coral Merrow也沒開口訂正了。說穿了，系統賦予各種對戰空間的場地名稱——例如「世紀末」、「魔都」、「煉獄」等等，都不是BB系統上所設定的正式名稱，而是最早期超頻連線者根據空間外觀想出合適名稱加以命名。像昨天那種場地，兩人的師父想必也曾經告訴過她們那叫「古城」，但琉花與真魚畢竟是沖繩出身，所以才會置換成比較熟悉的「城址」。

照這樣看來，像「靈域」屬性大概就會被說成沖繩當地信仰的「神國（Nirai Kanai）」……黑雪公主腦中有了這樣的想像，但一講下去多半又會扯得很遠，於是她再度轉身問：

「那麼，妳們的師父人在哪？」

「這邊！」

Dolphin還是一樣活力充沛地答話，接著她便轉過身去。這名藍色虛擬角色的裝甲以流線造型為基調，還有著多處短短的鰭狀突起。當她舉步飛奔，造型與她相似但更加纖細、鰭也更長的珊瑚色虛擬角色便喊著「等等我啦～」從後追去。

現實世界中的飯店前庭開著火紅的雞冠刺桐，如今此處則與建築物本體一樣，映入眼簾的盡是龜裂水泥與生鏽鋼筋，殺風景到了極點。地面更有一層紅褐色的沙塵，不時被風吹得高高揚起，讓空氣中充滿塵埃；然而兩名少女顯得一點都不在意，很有精神地往前跑。黑雪公主也讓身體微微前傾，加快浮游移動的速度。

在滿是裂痕的道路上移動幾分鐘後，就能在去路上看見一個由許多小型建築物構成的集合體，相信那裡就是現實世界中黑雪公主與惠購物的商店街。然而這裡當然見不著觀光客或攬客的店員，只有乾燥的風從鋼筋繡紅外露的建築物之間吹過——

然而並非如此。

商店街的正中央——說不定就在咖啡館「沙巴尼」所存在的座標，有著唯一一間閃爍著簡陋霓虹燈的商店。招牌上不規則閃爍的文字字形十分奇怪，但勉強看得出似乎是寫著【BAR】。

「喔……？這種地方竟然有『商店』……」

黑雪公主不由得自言自語起來。

所謂「商店」，指的就是散佈於無限制中立空間當中的「NPC商店」。商店賣的商品種類各有不同，從特殊效果卡片物品到強化外裝、衣服、餐飲，甚至連「住家」都可以買賣。

東京裡的這些商店，主要集中在池袋、新宿與秋葉原這些鬧區，但也有極少數商店會孤伶伶地開在四周什麼都沒有的偏僻之處。聽說有個團體就以尋找這種「冷門商店」為業……不，或許該說是當成興趣；但相信即使是他們，也不會來到這麼遙遠的沖繩邊野古。

既然前方這間商店掛著的招牌上寫了【BAR】，應該就是指酒吧。在現實世界裡，國中生別說喝酒了，連進都進不去，但Dolphin與Merrow卻毫不猶豫地跑進店裡，大聲喊道：

「師父，午安呀！」

過了好幾秒之後，店裡一個少了點生氣的男子嗓音回答說：

「喔……午安呀……」

「師父你真是的，男生要說午安啦好不好！」

「喔、喔喔……午安啦……」

聽到這人的聲音，黑雪公主納悶地歪了歪頭。她在商店前停步，從快要崩塌的牆外窺視裡面的情形。

「唉呀～大白天就喝這麼多……就只有在喝酒這方面，師父已經成了不折不扣的沖繩大叔了呢～」

真魚傻眼地這麼說，便聽到男子「怎麼可以叫我大叔……我明明才高一噁……」地發起牢騷，說完他又加上一句「老闆，再來一杯三百年古酒」。

『□※△÷○』

店內吧台裡頭有個全身都用金屬製成的機器人，它以這句讓人聽不出在講什麼的電子語音回答，隨即就踩著鏗鏘作響的腳步聲走了出來。這個造型與對戰虛擬角色相較有些似是而非的機器人，就是擔任商店店員的NPC，通稱「自動店員」。它們與公敵一樣由BB系統控制，是這個世界的居民。

單看外觀，自動店員就像個用鐵管隨便拼湊而成的玩意兒。只見它將一個樸素的馬口鐵杯放到桌上，說了句『$×£+¥』便回到原位。桌子對面伸出一隻手抓住這個杯子，發出大口啜飲的聲響。

「真是的～就說今天不是喝酒的時候了！師父，我帶了可以幫我們的人來！」

Dolphin雙手扠腰這麼喊完，跟著就是一陣沉默，之後得到的回答同樣毫無鬥志：

「什麼啦~妳真的跑去路上見人就對戰喔?都跟妳說過多少次了，沒用的啦。」

這時黑雪公主心裡已經有了底，於是無聲無息地進入店內。她穿過一張張只是拿生鏽鐵板拼成的桌子，往裡頭前進。兩個女孩的師父躺在一張長椅上，被最裡面的一張桌子遮住。從黑雪公主與他之間的角度，應該還看不見彼此。他似乎沒注意到黑雪公主接近，又喝了一口虛擬的酒精飲料，大喊:

「沒用、沒用、沒用啦~就算妳們帶了一兩個幫手來，還是拿那隻怪物沒辦法啊!」

「……喂，躺在椅子上的傢伙。」

「連在東京被譽為『史上最強』——等級高達7級的我，照樣一點辦法也沒有。要解決那玩意兒，就算8級也不夠啦!至少也得帶9級的『王』來!」

「喂，你給我露一下臉。」

「不不不，就算是王一樣也很危險啦!至少也得找來專攻物理攻擊的『劍聖』，或是乾脆找『絕對切斷（World End）』……」

「我在跟你說話。」

「怎樣啦從剛剛就囉唆個沒完沒了!我話說在前面，除非黑之王之類的人物來找我，不然就算用扛的，也沒辦法把我……扛出……這家店…………」

這位放話放得起勁的師父終於從長椅上坐起。但當他醉眼惺忪地認出黑雪公主後，說話卻慢慢減速，最後終於完全沉默。

相較之下，黑雪公主卻以雙手劍擊出高亢的聲響，痛快地喊說：

「果然是你！好懷念啊，我們幾年沒見啦？『紅釘』！」

「……………咦……不會吧……怎麼會……等一下……」

這位身著深紅色裝甲的超頻連線者，茫然地自言自語，一對黃色鏡頭眼不停上上下下。

「妳、妳這模樣……妳這腳……還稱我為紅釘……該、該該該不會是真貨？真是黑之王？是Bla……?ck Lo……?tus……?」

這名虛擬角色把黑之王的名稱斷得十分奇妙。馬口鐵杯子從他手上滑落，發出令人覺得沒出息的金屬聲響。

「師父」被Dolphin與Merrow從兩旁挾制著重新坐好，跟著黑雪公主也在他們對面的椅子上坐下。由於這裡是加速世界，即使在酒館裡不點飲料，也不會被店員罵。

「不過話說回來……真沒想到你會搬到沖繩來啊………」

黑雪公主說著又重新打量起「紅釘」的上半身。

這個對戰虛擬角色的外型相當有特色。他頭上頂著一個帽子似的扁平六角柱型，底下的臉則是細得多的圓柱體。軀幹也幾乎和頭部一樣粗，手臂則是扁平的切半圓柱體。其中最引人注目的，就是爬遍全身裝甲表層的蛇腹狀細溝。

紅釘臉上一對橢圓形鏡頭眼頻頻閃爍，點點頭回答：

「應該有三年多一點了吧～其實是我老爸跟老媽突然離婚，問我要跟哪一邊。我玩走迷宮決定跟老爸，誰想得到他竟然會突然說要去沖繩！我趕快說『還是跟老媽好了』依然來不及，就這麼被他拖到邊野古來，一直到今天……就這麼回事。」

「這樣啊……我本來還以為你是被ＰＫ在現實世界攻擊，掉光了點數呢。」

「這個嘛，從危機的嚴重性來說也差不多啦～雖然我早有心理準備，不過別說邊野古了，就算到那霸或名護，也是連個超頻連線者的超字都找不到啊！」

他哈哈大笑，笑得整個深紅色的身體都在晃動。

他在三年多以前——也就是「第一代黑暗星雲」還健在時，是「極光環帶（Aurora Oval）」旗下的超頻連線者。這人資歷相當深，從黑雪公主等級還低時，雙方就曾經打過許多次對戰、領土戰，也多次聯手獵殺公敵，說來可算是戰友。

他在三年前就已經升上7級，這種高等級玩家會突然消失，想得到的可能也就只有在現實世界遭到「物理攻擊（PK）」，又或者是在無限制中立空間陷入「無限公敵殺法（Enemy Kill）」——黑雪公主記得當時還覺得挺難過的，但當事人說的沒錯，「被強迫搬家到沖繩」也是相當嚴重的逆境。

「你居然能繼續當超頻連線者撐到現在……真是苦了你了。」

黑雪公主不禁說出這樣的話，紅釘登時不好意思起來，連連轉動六角柱狀的頭。

「嘿嘿，還好啦，其實有一半以上都是碰運氣。這丫頭……」

說著，他就用大拇指指向坐在他右邊的Lagoon Dolphin。

「是老爸的……也就是我的遠房親戚。我在她們家寄住，然後決定賭一把。想說如果讓她安裝BRAIN BURST成功，就要把當時我身上還剩下的超頻點數幾乎都灌給她，把她拉拔到4級。畢竟一個人會連小獸級公敵都很難打贏，但如果有搭檔，打起來就穩得多了。」

「這樣啊……那看來你是賭贏了。」

「何止賭贏啊。這小丫頭從小就跟她爺爺學空手道，角色又正巧塑造成藍色系的近戰型，實在是強得不得了呢。」

Lagoon Dolphin——琉花先前一直靜靜聽著兩人談話，這時才終於開心地笑了幾聲。但她隨即鄭重態度，連連搖頭說：

「哪裡，我的道行還差得遠了，對上大姊頭根本不是對手……」

「那還用說啊，阿花！要知道，妳眼前這一位，可是連嬰兒聽了都不敢哭的『純色七王』之一……」

紅釘這句話說到一半，黑雪公主便微笑著以堅定語氣打斷：

「不，這些過去的事就別提了。我想知道你這邊的情形。你成功收了Dolphin當『下輩』，等她達到4級以後，你們兩個就一直在獵公敵……？」

「是、是啊……不過說是獵公敵，其實規模也很小，基本上都是獵小獸級，偶爾條件好的時候才找野獸級動手。我們兩個點點滴滴累積點數，然後又是下一次賭注。阿花的朋友阿魚也跟她一起練空手道，所以由阿花試著提供給她安裝……只是我當初覺得八成會失敗啦～」

「等一下，師父，你這話是什麼意思～」

阿魚也就是真魚──Coral Merrow鼓起臉頰抗議，紅釘又哈哈大笑扯開話題，繼續說明：

「總之，這次複製也奇蹟似的成功，我們就靠獵公敵賺來的點數，把阿魚也灌到4級……就這樣變成今天這情形了。」

「原來如此……你也在沖繩這個地方努力了三年啊，紅釘……」

黑雪公主心有戚戚焉地說了這麼一句話，紅釘自豪地挺起胸膛說了聲「也還好啦」。接著Merrow忽然舉起右手說：

「大姊姊，我有個問題想請教一下。」

「嗯？什麼問題？」

「呃，師父常跟我們炫耀，說在東京大家都稱他是『史上最強』，請問這是真的嗎？」

「啊，這個問題我也想問！」

Dolphin探出上半身，紅釘則正好相反，身體後仰，用緊張得破嗓的聲音說：

「不、不、不是，這是因為，這個，該說是有那麼一點點誇張，還是說事實有自由詮釋的空間……」

「嗯，當然是真的。」

黑雪公主若無其事地點點頭，三人頓時停住動作。紅釘繼續僵住不動，Dolphin與Merrow則同時「咦——！」了一聲。

儘管黑雪公主承認這個說法，但紅釘的綽號「史上最強(Strongest)」其實還有下半段。他的虛擬角色正式名稱叫做「Crimson Kingbolt」。

聽起來就很強，聽起來實在有夠強。當年他出現在對戰場面時，名聲立刻傳遍加速世界，但傳聞並未包括外型與能力的資訊，讓以鄰近區域為大本營的超頻連線者聞風喪膽，不知來犯的是多麼厲害的高手。

但這種狀況也只維持到眾人得知實情為止。紅釘的本質並非「Crimson」或「King」，而是在「Bolt」這個詞上——說穿了就是「螺絲」。黑雪公主開啟字典APP之後，也就曉得了這是怎麼回事。Kingbolt本身就是一個英文單字，在建築與工程領域上專指某些特定用途的螺絲。

這個真相廣為人知後，超頻連線者便送給他一個外號。「史上最強名號(Strongest Name)」——又有誰能怪他只把前半段告訴兩名徒弟呢？

附帶一提，據說紅釘之所以加入紫色軍團「極光環帶」，就是因為外號「紫雷后(Embrace Voltage)」的紫之王「Purple Thorn」看到Kingbolt就誤以為他會使用超強力電擊，立刻去招他入團。這個軼聞也流傳得煞有其事。

但黑雪公主只將這些資訊留在自己心中，一臉認真地對琉花與真魚講解：

「東京的超頻連線者們，一聽到妳們師父『Crimson Kingbolt』的名字全都嚇得聞風喪膽。畢竟他是『史上最強』嘛。」

「好……好厲害！原來師父不只是個酒鬼啊！」

「我、我嚇了一跳耶！我還以為師父只是個貪吃鬼！」

以對師父表達敬意而言，她們的台詞令人有些尷尬，但紅釘仍舊得意地後仰上身，發出很做作的笑聲：

「啊、啊哈哈，啊哈哈哈！我的徒弟們，聽到了吧？今後妳們要更尊敬我，吃飯時要各多帶一樣菜孝敬為師我！啊，絲瓜除外！還有島產蕎頭我也不太……」

他這句話沒能說完。

因為地底下忽然傳來一股強震，讓整間酒館劇烈搖晃。紅釘上半身正往後仰得不能再仰，因此當場摔到地上；黑雪公主與琉花、真魚三人也急忙起身。

一秒後，下一波衝擊來襲。黑雪公主立刻切換意識，聚精會神用五感尋找震動來源。不是整個空間在搖動，而是附近發生了大規模破壞現象。

「──外面！」

她急促地呼喊一聲，隨即從酒館衝到大馬路上。Black Lotus左腳劍尖在地面畫出一道很深的弧線，將身體轉往西方，立刻就看見了「那個東西」。

細長的商店街邊緣本來聳立著兩棟大型建築物，現在它們卻被連根拔起。即使處於地形物件耐久度較低的「風化」場地，能在這麼短的時間內就毀掉整棟建築物仍然非同小可。她摒住氣息，在鏡面護目鏡下凝神觀看。

猛烈揚起的紅色沙塵後，有個緩緩移動的輪廓存在。這個輪廓很大，超頻連線者不可能有這種尺寸。

「那是……」

跑到黑雪公主身旁的琉花，回答了她發出的疑問。

「就、就是那個啊，大姊頭。那是大惡靈……牠會把大家都吃掉……」

「妳、妳說……吃掉……？」

「就是吃掉其他公敵。可是，以前牠明明只會出現在離這裡很遠的獵場……」

真魚在琉花對面發出顫抖的嗓音。也難怪她會怕，這個在遠方蠢動的影子光高度就有五公尺，而且從這個角度根本看不出全長。如果牠是公敵，多半是巨獸級……不，搞不好是——

「糟、糟糕……！為什麼會來到這個鎮……不，現在不是講這種話的時候了。Lotus，拜託妳馬上帶阿花跟阿魚從旅館的『登出點』離開！」

最後跑出來的紅釘這麼大喊，於是黑雪公主朝這小個子的虛擬角色看了一眼。

「——馬上離開？有必要做到這地步？」

「對！要是在這裡被牠逮住，我們兩個姑且不說，阿花阿魚會有陷入無限ＥＫ的危險！」

「可是……這裡是市鎮，也就是說不可能是公敵的地盤！而且在公敵地盤以外的地方，應該不會形成無限ＥＫ……」

「不對，Lotus。牠不是單純的公敵……」

Crimson Kingbolt說到這裡先頓了頓，才擠出低沉而沙啞的聲音，彷彿要說的話連自己都很難相信。

「牠……那隻神獸級公敵，已經被人馴服了。」

8

馴服公敵。

黑雪公主聽說過可以馴服公敵。方法有兩種，一是由超頻連線者使用自身的馴服專用特殊能力——只不過她從未遇上擁有這種稀有能力的人；再不然就是使用馴服專用的強化外裝。至於後者，她曾在很久以前，看見迷宮的寶箱裡出現疑似這種功能的物品，但當時她擲骰分配時擲輸，東西被當時組隊的其他成員拿走，也不知道後來有沒有人拿出來用過。

這些知識極為模稜兩可，但她仍然敢斷定一件事——

神獸級公敵不可能馴服。理由很簡單，因為牠們是堪稱加速世界主宰的絕對強者。單單只用普通攻擊就能一擊解決中級的對戰虛擬角色，若動用特殊攻擊，就連成群高等級玩家都能輕易擊潰。

而且，無論是使用特殊能力或物品，若要成功馴服公敵，應該都得先將公敵的體力計量表削減到只剩下一丁點兒，也就是說必須在神獸級公敵瀕臨死亡而狂怒的狀態下嘗試調教。這無異是種自殺行為，光想就令人背脊發涼。

黑雪公主瞬間閃過這些念頭，下意識對站在身旁的紅釘問：

「……是誰？搞出這種花樣的人叫什麼名字……？」

但得到的回答同樣驚人。

「我不知道。」

「什麼？只要看一下對戰名單，不就馬上……」

「問題是……不管查看幾次名單，上面就是沒有名字……」

說出這句話的是真魚。這名苗條的珊瑚色虛擬角色呆呆站在原地，長髮配件頻頻顫抖。琉花用力抱住她的肩膀，低聲說：

「所以……騎在牠身上的人一定也是惡靈。是小惡靈……」

幾乎就在這句話送進黑雪公主耳裡的同時──

劇烈的衝擊聲三度響起。

蓋在集落西側的兩棟廢墟同時被打得粉碎。四人與破壞者的距離已經剩下不到一百公尺，是該照紅釘所說立刻撤退，還是該留下來弄清楚這「惡靈」的真面目？黑雪公主遲疑一瞬間後做出決定，開口說：

「紅釘，我跟琉花還有真魚在連線前先設好了定時斷線。」

「幾小時？」

「遊戲內時間八十三小時。」

「……既然如此，算起來她們兩個還不至於掉光點數……不過也就是說，Lotus……妳是想打一場囉？」

「連敵人長什麼樣子都沒看到就撤，實在不合我的個性。不然你們三個先離開也無妨。」

「……妳還是老樣子呢，『絕對切斷』(World End)。我就捨命陪君子吧，不管他們是多可怕的怪物，既然我們這邊也有『王』在，總會有辦法的。」

仍然抱在一起的琉花與真魚看著他們倆快嘴問答，忽然感動至極地大喊：

「好……好帥！」

「大姊姊跟師父都好棒！」

「咦……會、會嗎？這可傷腦筋了，我比較喜歡年紀比我大的……」

紅釘在這種狀況下居然還得意忘形起來，因此黑雪公主用右手肘從旁往他腹部一頂。

「來了！」

緊接著，最後一棟隔開他們四人與破壞者的建築物，就像爆炸似的連根消失。

黑雪公主一看見從沙塵中出現的公敵，立刻驚呼出聲：

「是……是恐龍……？」

牠有著尖銳的鼻頭，巨大的下顎，左右兩邊的眼球還發出紅光。砲彈形軀幹由粗而短的腳支撐，後頭有著長長的尾巴。這些外觀上的特徵，都酷似完全潛行教學的生物課中那些上古時代肉食猛獸。

「正式名稱是神獸級公敵『尼德霍格（Nidhogg）』，雖然我都叫牠『小尼』。」

忽然間上方傳來這樣一句話，黑雪公主立刻揚起視線。

巨大龍背上有著尖銳的船帆狀背鰭，一個小小的人影——對戰虛擬角色，就站在背鰭前方不遠處。那肯定就是琉花所說的小惡靈——不會出現在對戰名單上的超頻連線者。

「你……是什麼人！」

巨龍騎手聽到黑雪公主銳利的喝問，輕輕動了動右手。握在他手上的細長鎖鍊狀物體發出閃亮銀光。仔細一看，鎖鍊繫在套住巨龍鼻頭的皮帶上。如果這個物體就如外觀所示，是操控用的「韁繩」，那它多半就是實現馴服神獸尼德霍格壯舉的強化外裝。

「我們社規是規定沒必要不應報上自己的名字啦……」

騎手開朗過頭的聲音先短暫地停頓，接著他才聳聳肩膀說下去：

「……可是啊，我真沒想到會在這種天涯海角遇到像妳這樣的大魚呢。小尼聞到大獵物的味道，我只是為防萬一才來看看，沒想到真是來對了。我想至少也該自我介紹一下才是。」

黑雪公主迅速分析他這番話當中所包含的情報。

儘管只是傳聞，但據說公敵受到馴服之後，會為主人發揮各式各樣的特殊能力。這隻恐龍

「尼德霍格」多半就有於遠距離找出目標的雷達型能力。換言之，也可以說把神獸級公敵與牠的騎手引來這個小鎮的，就是黑雪公主自己。

——紅釘似乎敏銳地猜出了她的心思，在一旁低聲說：

「這不是妳的錯啦。而且……考慮到我的能力，這反而是個好機會。」

「……我很期待。」

黑雪公主只回了短短一句話。於此同時，站在巨龍背上的神祕超頻連線者對她鞠躬行禮。

「幸會，黑之王，還有各位當地人。我的名字叫做『Sulfur Pot』……還請多多指教。」

「……哼，總算給我報上名字來啦？從你出現到今天已經三個月，我一直在等這一天！給我聽好了，大爺我的名字叫……」

紅釘用他那宛如剖半圓柱體的腳踏上一步，打算堂堂正正地報上名號之際……

「啊，不用講無妨。我對你沒興趣，而且你很快就要掉光點數了。」

頭上丟來這句屈辱的台詞，讓「史上最強名號」成了不發彈。黑雪公主揮手安撫氣得發抖的紅釘，再度高速思考。

她並未聽過「Sulfur Pot」這個虛擬角色名稱，表示此人是在自己處於半退隱狀態這兩年多當上超頻連線者的？但他胸有成竹的態度完全是老手風範，而且馴服神獸級公敵這種壯舉，別說是初學者了，連中階玩家也萬萬不可能辦到。除非有著極高密度的戰鬥經驗，又或者是有大規模軍團支援……

「──！」

思考到這裡的瞬間，一段應該最先想起的記憶總算在黑雪公主腦中迸出火花。

「小惡靈」。這是琉花她們對Sulfur Pot的稱呼，因為這人不會出現在對戰名單上。而這種情形一般來說是絕對不會發生的。要連上無限制中立空間，就必須連上全球網路，而連上全球網路的超頻連線者，就一定會出現在名單中，這是BRAIN BURST的大原則。

然而去年秋天，黑雪公主便深受無視這條大原則的敵人所苦，那人正是Cyan Pile──黛拓武。拓武現在成了黑暗星雲裡的可靠成員，與Silver Crow組成搭檔並肩作戰。但他當時曾利用「上輩」超頻連線者給的程式，有如幽靈般在梅鄉國中校內網路神出鬼沒。

狀況非常相似。不，甚至可以說一模一樣。

黑雪公主急促地吸一口氣，朝著在五公尺上方睥睨眾人的虛擬角色拋出了這個詞：

「──『後門程式』。」

「……」

Sulfur Pot的肩膀突然顫動。

「……妳在說什麼？」

儘管他說話的嗓音維持平靜，上半身卻微微前傾。此一動作，讓這名先前都躲在巨龍背鰭影子下的虛擬角色暴露在風化場地的陽光下，現出顏色與形狀。

Sulfur——「硫磺」之名果然不虛，他的裝甲色是相當鮮豔的黃色。即使與純色之王當中的黃之王「Yellow Radio」相比，相信也只稍微淡了一些。精瘦的身軀造型中規中矩，肩膀、胸口與腰部開出的大洞卻十分令人注目。

黑雪公主瞪著他這張造型像是戴著口罩與護目鏡的臉孔，繼續問下去……

「不對，這個程式應該已經因為伺服器更新而不能用了。但你無疑用了類似的作弊技術，也就是說……Sulfur Pot，你人不在沖繩，是從東京遠距連線對吧？」

聽到她指出這一點，最先有反應的是紅釘以下的三名沖繩組成員。

「妳、妳、妳說什麼！」

「有這種事！」

「不會吧，好詐喔！」

Sulfur Pot聽到這三連發的叫喊，仍然不為所動。過了一會兒，他慢慢拉回身體輕聲道：

「……原來如此。所以妳雖然躲進巢穴好幾年，利牙卻沒有被拔掉是吧？那就沒辦法了。雖然與原訂計畫不符，不過黑之王，我要妳在這裡消失。要是我們的『邊境農地開墾實驗』在這裡挫敗，那就太令人失望了。」

「邊境……農地開墾？」

黑雪公主在口中低語。Sulfur Pot所說的農地開墾(Farming)這個字，除了字典上記載的「耕種」、「畜牧」等字意之外，在網路遊戲領域更是專用術語，意思是高速打倒怪物，賺取大量的金錢與經驗值。而這正是他這段期間在沖繩駕馭巨龍「尼德霍格」所做的。

把狀況做個整理，就是以下這麼回事。

Sulfir Pot在三個月前，多半與黑雪公主一樣是在校外教學時來到沖繩，當時他在邊野古近郊設置了某種作弊用的程式。等回到東京，再帶著事先馴服好的尼德霍格，用遠距方式連線到沖繩的無限制中立空間，把原野上棲息的野獸級、小獸級公敵捕食殆盡。他與之前的Cyan Pile同樣受運作機制保護，所以無論紅釘他們查看對戰名單多少次，依舊找不出他的名字。要是在東京做出同樣的事，很快就會淪為大規模軍團的討伐對象，但在遙遠的沖繩就沒有這種危險。若非琉花她們奮不顧身地跑來接觸，即使黑雪公主人正好就在這裡，想必也不會動起連上無限制中立空間的念頭。

「——Sulfur Pot，『千載難逢』是我的台詞。本人跟作弊程式之類的玩意兒有著深仇大恨，今天我便在此把你這些小把戲的祕密全部揭開，讓你再也無法得逞。」

說著，Black Lotus右手劍唰的一聲揮過，堅毅地喝道：

「你可別以為『神獸殺手(Legend Slayer)』這個稱號是藍之王的專利！來吧，看我把你連人帶龍切片！」

在她烈火般熾烈的舌鋒下，Sulfur Pot散發出來的氣息也同樣有了改變。雙眼在圓形護目鏡下熊熊燃燒的他，壓低了聲調回應：

「……妳可真敢講，連我『上輩』都沒這麼跟我說過話。看來用一般的方法殺妳消不了我的氣……我就讓小尼吃掉妳一隻手一隻腳，試試看妳還能不能這樣虛張聲勢。」

戰場的空氣立刻變得劍拔弩張，不斷升溫。就連原為風化場地特徵之一的勁風，也彷彿感受到這一觸即發的預兆而停息。

黑雪公主朝身旁擺出戰鬥架式的紅釘看了一眼，迅速說了一句話：

「紅釘，用『那招』。」

「收到。」

深紅的虛擬角色簡短地回答一聲，轉而以俐落的口吻指揮起站在背後的琉花與真魚。

「徒弟們，一開始由大爺我跟Lotus去應付大傢伙。一旦跟那麼大的怪物打起來，四周的築物應該會一一被打成斷垣殘壁。妳們兩個就從這些土石裡挑出金屬物件，堆到這個路口。」

「咦～我們也要打……」

琉花正要抗議，真魚便迅速摀住她的嘴。

「我明白了，師父！要撿破銅爛鐵對吧？請儘管交給我們！」

「妳們可別鬆懈，這一戰是勝是敗，就看妳們能撿來多少鐵——————敵人來啦！」

緊接著——

「駕——！」

Sulfor Pot大喝一聲，將手中韁繩甩出一聲尖銳的聲響。之前一直維持待命狀態的恐龍型公敵，雙眼立刻發出朦朧紅光，張大了長滿獠牙的嘴。

「咕嚕喔喔喔喔喔！」

全長二十公尺的巨大恐龍發出地鳴似的咆哮，猛然開始衝刺。

9

——先全力交擊一回合，試試對方的斤兩。

黑雪公主做出這個決定，隨即在筆直衝刺而來的巨龍尼德霍格正面沉腰蓄勢，做出拔刀斬的預備動作。

當然，即使是高達9級的黑雪公主，若要正面承受神獸級公敵的衝撞，仍舊會處於劣勢。而且Black Lotus原本就專精於攻擊，防禦性能上做了相當大的犧牲。

她不打算老老實實地硬碰硬，準備先站在原地引誘對方衝刺，最後一瞬間才以最小的動作閃開，並於交錯之際賞牠鼻頭一刀。尼德霍格的衝刺雖然充滿魄力，但速度本身卻與巨獸級沒有多少差別，自己應該避得過——

但打亂黑雪公主盤算的卻不是敵人，而是在她身旁擺出架式的紅釘。

「臭傢伙，吃我一招～！」

他威風地大喊一聲，左手直直往前伸，喊出招式名稱。

「『攻紋螺絲（Tapping Screw）』～！」

砰砰砰砰砰五聲響起，射出的是他的五根手指。這些手指與他的軀幹一樣，都有著橫向的蛇腹狀細溝，說穿了就是「螺紋」。只見這些手指在空中變化成前端尖銳的螺紋攻出用螺絲，後端的十字凹槽則噴出火焰，像飛彈似的往前飛，全數命中巨龍頭部。

這一擊瞄得精確，而且他雖然在酒館喝得爛醉，不過一上線就已經先集滿必殺技計量表，用意周到的程度也令人佩服。然而……

五根螺絲插進尼德霍格那鯊魚似的頭部，卻仍然繼續高速旋轉，並在激出劇烈的火花長達幾秒鐘之後，很乾脆地一一跌落。先前鑽過的地方，只鑽出了非常細小的凹痕。

「……耶？」

等紅釘呆呆發出這麼一聲，巨龍已經來到眼前，黑雪公主錯失反擊時機，只好拉著螺絲型虛擬角色的手猛力往左跳。兩人於千鈞一髮之際避開，尼德霍格隨即從黑雪公主與紅釘，以及琉花與真魚這兩組人馬之間的空檔猛然衝過，將路口左後方的廢墟撞得粉碎才停住。

在無限制中立空間裡，由自動店員經營的「商店」原則上不可能破壞；但再這樣下去，除了這間商店以外，所有建築物都會遭到破壞。在對付大型公敵時，利用複雜地形來藏身是最基本的戰法，所以最好是能在這一帶被夷為平地之前分出勝負，但看樣子是趕不上了。

不過黑雪公主在擬定策略時，連建築物會陸續遭到破壞這點也都計算進去了——只是這也要負責重頭戲的紅釘活著才有意義。

「喂，半弔子的遠程攻擊對重裝甲型的神獸級哪可能管用啊！」

黑雪公主壓低聲音這麼一說，紅釘就繞圈搓著雙手嘀咕。他射出去的左手五指，正從手掌處重新裝上新的螺絲。

「有……有什麼辦法……我已經三年沒有打過像樣的戰鬥了……」

「那你就安分一點！等『鐵』存夠了，我一定會讓你有機會表現。」

黑雪公主說完便轉動視線，朝著已經開始奔跑的琉花與真魚低喊：

「拜託妳們了！」

兩名少女伸出大拇指，衝向先前尼德霍格破壞的北側廢墟。「風化」場地的地形物件，是腐朽的水泥與生鏽的鋼筋各半。如果抽到地面與建築物全是金屬的「工廠」或「鋼鐵」場地當然再好不過，但想到也有「荒野」與「原始林」這種毫無金屬的場地存在，實在也不能抱怨了。

琉花與真魚靠著與纖細虛擬角色不相稱的怪力，從斷垣殘壁下抽出巨大的鋼筋。黑雪公主確定她們這邊沒問題之後，重新面向尼德霍格。

巨龍此時也剛掉過頭來。由於身軀巨大，牠的迴旋速度果然比較慢。這種情形會讓人認為牠的背後多半就是弱點，但那長而粗的帶刺尾巴怎麼看都很可疑。這種時候，最好還是照原訂計畫，躲過牠的重衝撞攻擊，同時在交錯之際漸漸對牠造成損傷。

巨龍再度擺出衝刺架式，其背上的Sulfur Pot老神在在地發言：

「黑之王，不要客氣，可以儘管用妳的必殺技。不過根據我們社團的資料，妳的招式全都是近距離專用的攻擊。妳可以試試有沒有辦法把小尼的攻擊彈回來，相信一定很有意思。」

——我們社團？

Sulfur Pot這句話讓人瞬間覺得事有蹊蹺，但她隨即將這個念頭從腦中拋開。要分析情報，打贏以後有的是時間。

話又說回來——令人懊惱的是，Sulfur所言不虛。Black Lotus所學會的必殺技，幾乎全都是近戰用，射程稍長的「死亡穿刺」頂多也只能延伸五公尺。憑這樣的攻擊距離，即使能對龍造成損傷，一旦出招後有了空隙，就會紮紮實實挨上衝撞攻擊。

當然，如果用上「那種力量」就另當別論。

加速世界中不為人知的另一種運作邏輯。以想像力干涉世界的定律，能夠覆寫（Overwrite）現象，是最強最終極的力量——「心念系統」。

若動用黑雪公主的心念攻擊「奪命擊（Vorpal Strike）」，儘管實際表現會隨當時的精神狀態而有起伏，但射程將有機會達到近五十公尺，即使與紅色系的遠程攻擊相比也不遜色。只要用上這招，相信即使站在能夠輕鬆躲過衝撞攻擊的距離，仍然足以貫穿巨龍。

但她不能動用這種力量。心念系統有著絕對的規矩要遵守，那就是「除非遭到心念攻擊，否則不能動用心念」。這並不是卑不卑鄙等精神至上論的問題，而是一旦打破規矩，背棄自己與伙伴之間的約定以心念先發制人，使用者的心便會被拖進心念的黑暗面（Dark Side），沒有任何例外。這條路只會通往無可避免的悲劇，包括短短三個月前交手過的第五代Chrome Disaster在內，黑雪公主看過許多超頻連線者因為遭到黑暗面心念吞噬，對自己與心愛的人帶來無法挽回的破壞。自己不能走上同一條路，絕對不行。

因此，黑雪公主瞪著在上空微笑的Sulfur Pot說：

「必殺技我會留到把你打下來再用。你等著，到時候我會讓你親身體驗個夠。」

「哈哈哈，當王的果然有一套，放話特別帥氣啊！就如妳所願，讓小尼把妳踩個稀爛！」

Sulfur再度揮響韁繩，巨龍隨即以前腳猛力刮向地面。

與巨龍對峙的黑雪公主微幅調整位置，讓大型建築物位在自己後方，雙手劍在身前交叉。

她不打算動用心念攻擊，但對方卻有神獸級公敵這種強得過火的幫手，因此——

「——用這麼一點應該不過分吧！喔喔喔喔喔…………」

她在呼喊聲中聚精會神，大喊：

「『超頻驅動（Overdrive）』！『綠色模式』！」

緊接著，Black Lotus全身的裝甲接縫線都亮出鮮綠光芒。

「超頻驅動」指令雖然不是系統規範的招式或特殊能力，卻也不是心念能力。運作邏輯和負面心象失控的「逆流現象（Overflow）」以及虛無心象失控的「零化現象（Zero Fill）」相同，可說是一種「正向的自我暗示」。說穿了就只是提升鬥志所引發的現象，但黑雪公主卻在當中加進了巧思。她利用自己不帶顏色屬性的特色，設定了三種模式。「紅色模式」是將虛擬角色的性能分布圖偏向遠程攻擊型角色，「藍色模式」是偏向近戰型，「綠色模式」則偏向防禦型。這樣的改變雖然沒有心念攻擊最大的特徵——只有用心念才抵擋得住的絕對攻擊力，但相信還是能帶來一些幫助，更何況心念攻擊對公敵的效果本來就相當薄弱。

Sulfur Pot看見Black Lotus身上發生的小小變化，又笑了笑說：

「哼哼哼……在這傢伙面前耍這種小花招，只會白費工夫——小尼，上！」

巨龍以媲美巨大聯結車的魄力衝來，黑雪公主則默默凝視牠的鼻頭。這次紅釘迅速準備閃躲，但龍的軌道並未偏移。也就是說，對方的目標只有黑雪公主一個人。

一旦挨個正著，這猛烈衝撞多半會一次就撞掉半條以上的體力計量表。她咬緊牙關，要忍到最後一瞬間才動作。還沒……還沒……現在！

「喝啊啊！」

黑雪公主往左前方一跳，同時以迴旋踢的要領揮出右腳劍。

尼德霍格口中無數巨大牙齒當中的一根，在空中與劍尖撞個正著。劇烈壓力讓她從膝蓋一路麻到腰部，但或許是靠著「綠色模式」自我暗示的加強，劍刃承受住了衝擊，並未碎裂。劍刃發出一聲尖銳的聲響，往前繼續揮過，接著尼德霍格就從虛擬角色右側猛然通過，撞上了她後方的建築物。

折斷並彈上空中的，是一根白色的龍牙。顯示在視野上方的公敵體力計量表共有三條，黑雪公主確認到其中第一條微微減少，同時在空中輕巧地做出後空翻落地。

之後長達三分三十秒的時間裡，戰鬥一直維持同樣的情形。

黑雪公主驚險閃過尼德霍格的衝撞，在交錯的瞬間對牠製造微量損傷，並誘使龍撞上身後的建築，再趁牠轉身的空檔找好下一個位置。當然黑雪公主也沒辦法每次都毫髮無傷，不時被龍牙與龍鱗碰到，讓她的體力也慢慢削減。儘管消耗的速度比敵人慢，但基礎數值差異太大，要是繼續採取同樣的戰法，先耗盡體力的多半會是Black Lotus。

Sulfur Pot似乎也認知到這一點，始終沒改變衝撞戰術。他雖然態度老神在在，其實卻也強烈意識到自己在與「王」對決，戒心非常重。若是用上取巧的戰法——例如跳下巨龍施展自己的招式攻擊——難保不會被Lotus逮住機會，被她以近戰必殺技當場格斃。也就是說，Sulfur表現出來的樸拙，其實正是他的明智之處。

……事情果然有蹊蹺。

黑雪公主置身於極為緊繃的戰況之中，卻仍然不禁有了這樣的念頭。她在退隱的兩年裡，仍然透過觀戰用的代用虛擬角色，盡可能收集各種情報。像對方這樣這麼狡猾，擁有的知識與實力又足以馴服神獸級公敵，照理說至少應該會聽過名字。相信能解答這個疑問的，就是他先前所說的那句「我們社團」吧。Sulfur Pot背後有強大的組織，而且多半不是六王的軍團……

黑雪公主轉著這樣的念頭之餘，做出第十餘次成功的反制攻擊，輕巧落地。她背後發出巨大的衝擊，跟著傳來屋瓦崩塌的振動。

轉身一看，東西向延伸的小規模城鎮裡，位於東側盡頭的廢墟已經崩塌。再過去是一條紅褐色的道路，直通往遠方的大型旅館。

這麼一來，整個小鎮的建築物已經幾乎全部崩塌，換言之——戰況要轉移到下個階段了。

「紅釘，上。」

黑雪公主低聲一喊，之前一直在附近晃來晃去的深紅色小型虛擬角色立刻點點頭回答：

「我早等得不耐煩啦。」

他一說完就衝向後方，黑雪公主也維持瞪著巨龍的姿勢開始後退。

Sulfur Pot站在完成迴旋的巨龍背上，發出始終同樣開朗的聲音：

「呼，總算乾淨多了。我跟小尼都喜歡寬廣的地方，這樣總算可以打得痛快點了。」

「那太好了……不過，更容易施展身手的可不是只有你們啊。畢竟周圍少了障礙物，閃避上的自由度就更高了。你的削血戰術不會再管用了。」

「啊哈哈，說削血戰術也太難聽了！我也不喜歡這種小家子氣的打法呀。不過啊，我會這麼做也是有苦衷的，畢竟……小尼的必殺技計量表集得實在很慢啊！」

「————！」

聽到Sulfur Pot的台詞，黑雪公主按捺不住震驚，急促地倒抽了一口氣。

「……必殺技……計量表……！」

「哼哼，也不能怪妳，一般人都不會知道啦。高階公敵被馴服後，就可以擁有自己的必殺技計量表。不過很遺憾，只有主人——也就是我，才看得到這條計量表。我破壞了這麼多建築物，現在才總算集滿。那麼接下來會發生什麼事……妳總該曉得吧，黑之王！」

Sulfur Pot說到這裡，高高舉起握住銀色韁繩的雙手並使勁往下一揮，用這場戰鬥開始以來最大的音量叫喊：

「小尼，上！『灼熱煉獄（Scorching Inferno）』！」

巨龍張開了血盆大口，上下顎的距離接近兩公尺。

黑雪公主看見一道橘紅色光芒在牠喉頭閃動，同時周圍還充滿了硫磺味——那是可燃氣體的氣味。

一察覺到這點，黑雪公主立刻轉身猛衝。

半秒鐘後，先是橘色的光芒從後襲來，接著是灼熱感，再過一會兒則是轟然巨響。巨龍尼德霍格發射了所謂的「龍焰」(Dragon Breath)。

Black Lotus那黑曜石般的半透明裝甲嗤嗤作響，簡直像在空燒平底鍋……不，就現象種類而言確實相同。即使用「超頻驅動／綠色模式」提升了防禦力，也只對物理屬性的攻擊有效，對高熱傷害則毫無作用。這時火焰已經追到視野兩端，同時體力計量表也開始逐漸燃燒。原本還剩九成以上的計量表，轉眼間就低於八成，往七成接近。要是就這樣被火焰吞噬，將會一口氣減損到危險區……

「────Lotus！這邊～～～～！」

聽到這個聲音，黑雪公主驚覺地抬起頭來。

紅釘雙手抱胸站在她的去路上，位置恰好是之前那家酒館路口處還沒過馬路的地方。他的背後堆起了一座小山……一座量多得教人傻眼的鐵塊小山。小山的山腰上，可以看見精疲力盡的Lagoon Dolphin與Coral Merrow。

黑雪公主一瞬間連自己的危機都拋諸腦後，口中輕聲低語。

──琉花，真魚，妳們很努力。

──看著吧。妳們的努力將會再次顛覆戰況。

黑雪公主卯足全力，加快衝刺的速度，再度拋開原本即將追上她的火焰。現在離路口只剩一百公尺了。

站在那兒的紅釘將短短的雙腳一縮，緊接著做出一次高得離譜的垂直跳躍。

他到達了遠遠超過背後鐵塊堆的高度，張開雙手雙腳並喊出招式名稱：

「金屬啊，染上我的顏色吧！看我的……『巨型機械覺醒（Mega Machine Awakening）』——！」

矮小的軀體籠罩在紅色特效光之中，緊接著開始變形。外突的胸部裝甲板收縮到與頭部切齊，雙手也同樣收進身體側面。半圓柱體的雙腳往外側旋轉九十度，鏗的一聲接合為一。

最後，尖銳的腳尖轉往正下方，已經不再是人形的對戰虛擬角色，成了一根火紅的螺絲。

相信他的兩個徒弟也是第一次看到這一招。螺絲就在兩名少女茫然仰望的視線下，開始沿順時針方向高速旋轉。當旋轉速度快得讓人看不清楚留在螺絲側面的兩個鏡頭眼時，整根螺絲便垂直落下，足足有一半插進鐵塊堆成的小山；接著它發出尖銳的金屬聲響，灑出大量火花，繼續往內部鑽去，最後不見蹤影。

黑雪公主朝小山旁不斷衝刺，背後傳來Sulfur Pot的喊聲：

「小角色再玩什麼花樣也沒用！看我把你跟黑之王一起燒了！」

於此同時，追趕黑雪公主的火焰變得更加猛烈。因為巨龍尼德霍格開始一邊噴吐火焰一邊前進。照這樣下去，站在路口不動的琉花與真魚也會被火焰吞沒。然而黑雪公主沒有叫她們兩人逃，因為她有信心，相信過去人稱「史上最強名號」的7級超頻連線者Crimson Kingbolt真正的實力。

整座鐵塊堆成的小山發出紅光。

無數鋼筋鐵板輕飄飄地浮起，彷彿重力都從這一帶消失了似的。這些物體相互吸引、組合，宛如從一開始就設計成這個用途的零件一樣，逐步組合出一個巨大的物件。

先是兩條粗壯的腳，接著是連接雙腳的腰部、圓桶型的腹部、方塊型的胸部。兩條長而健壯的手臂再接到左右肩膀上。

最後組合出與紅釘原本面貌十分相似的頭部，整個現象就告結束。

聳立在眼前的火紅「巨大機器人」，高度多半有八公尺。它舉起雙手，發出鏘～～一聲神祕的音效擺好姿勢，帶有一種彷彿整個世界都換成令一個遊戲似的大魄力。

「超……超……超大隻的啦！」

「原來師父是巨人！」

巨大機器人在琉花與真魚的喊聲下，雙眼猛然亮起，踩出地鳴聲一跳。他與衝過來的黑雪公主於空中交錯，在尼德霍格的正面落地。但他所站之處卻是巨龍吐出的火焰正中央。

火焰洪流在機器人巨大的身軀上噴個正著，爆出衝向天際的火柱。黑雪公主確定高熱攻擊已遭遮住，於是在地面劃出一道弧線，一百八十度轉身停步。

隨即映入眼簾的，是在烈焰中搖曳的機器人輪廓，以及在更遠處繼續噴火的尼德霍格。巨龍連續噴吐攻擊應該已經維持將近三十秒之久，想來牠必殺技計量表的量真的很龐大。然而牙

齒長時間暴露在火焰下而烤得通紅，似乎也讓巨龍本身覺得有點痛苦。

但背上的騎手似乎不打算讓牠停止噴吐攻擊，連續揮響韁繩，還以這場戰鬥中首見的不耐煩語氣大喊：

「就憑這種臨時拼湊的貨色……！看我把你燒得連點灰燼都不剩！小尼！還不夠！再加強火力！」

尼德霍格收到命令，將嘴張得超過極限，噴出更加劇烈的火焰。好幾根牙齒彷彿承受不住高熱而碎裂，嘴角還炭化成黑色。巨龍的體力計量表逐漸微量減少，證明這些跡象不只是外觀上的演出。

幾秒鐘後，尼德霍格那看似用之不竭的必殺技計量表終於耗盡。火焰轉弱、停止，隔了一會兒，翻騰的火柱也跟著消散在空氣中。

從火焰中出現的，是雙手交叉蹲下的鋼筋機器人。儘管並未被燒得一乾二淨，但全身都燒得焦黑，還有部分部位融化，像鐘乳石似的垂下。

「大姊姊，巨人死掉了！」

黑雪公主聽到真魚在身後發出難過的呼喊，於是堅定地對她說：

「不用怕，紅釘哪有這麼容易就被幹掉。」

而機器人彷彿聽見了這句話——

只見它的雙眼猛然亮起黃光，接著開始生硬地動起燒焦的巨大身軀。機器人雙手往兩側張開，伸出五根手指，筆直對向尼德霍格。

緊接著，十道火線從手指迸出。無數彈殼接連從手腕部位排出，掉在地上。巨龍從臉孔到雙肩的部位被打出無數的火花，發出吼聲退後。

「這、這是怎樣……！」

Sulfur Pot發出驚呼聲，蹲在巨龍背上。或許是這樣的姿勢無法操縱公敵，巨龍只是不斷慢慢後退。相較之下，巨大機器人繼續以手指機槍連射，同時打開雙肩裝甲，用從中出現的三連裝飛彈齊射。接著更張開胸部裝甲，從中挺出大口徑加農砲，同樣轟然噴出火舌。

尼德霍格轉眼間被無數的火球吞噬，體力計量表開始以看得出在動的速度減少。能對重裝甲型的神獸級公敵造成這麼大的損傷，這種攻擊力確實驚人，但說來也是難怪——畢竟在紅之王「不動要塞（Immobile Fortress）」Scarlet Rain出現之前，他是加速世界中公認有著最強遠程攻擊火力的超頻連線者。當然，這個評價得在非常嚴格的條件下才成立。

只要是有他參加的團體戰，幾乎都會演變成比拚「究竟是你們能收集多大量的金屬物件，還是我們能成功妨礙」。這也就表示，一旦紅釘成了巨大機器人，敵方團隊幾乎都會束手無策。在這場戰鬥開始之前，他之所以會說「考慮到我的能力，這反而是個好機會」，就是指引敵人來到這個四周有不少金屬存在的城鎮這回事。

巨大機器人的火力全開攻擊持續了整整十五秒，竟讓尼德霍格的體力計量表減了一半。如果這隻巨龍還處於野生狀態，應該不會乖乖留在原地硬挨所有砲火。然而巨龍受到物品調教，處在沒有主人命令就不能行動的狀況，才會受到這麼重的傷。

相信Sulfur Pot也在機器人的猛攻中，認知到了這個諷刺的事實。

他從巨龍背上慢慢站起，臉上表情已經沒有先前的老神在在。只見他那護目鏡型態的鏡頭眼燃燒著憎恨的光芒，低聲說：

「…………你竟敢，竟敢……把小尼傷成這樣……」

他說得不錯，巨龍身上到處有鱗片燒焦、破損，滴出紫色的血液。只要再來一輪火力全開的攻擊，多半就能打光體力計量表。但話說回來，機器人的火砲應該也要花上一些時間才能重新裝填完畢。為了爭取裝填的時間，自己至少得做好擾敵工作——

黑雪公主想到這裡，正要上前之際……

「小尼，再來一次！」

Sulfur Pot大喊一聲，用力揮響韁繩。巨龍慢慢抬起頭，張開先前因為連續噴射火焰而損傷的嘴。

看來他想再度叫巨龍進行噴吐攻擊，然而之前就已經證明火屬性攻擊對巨大機器人起不了多少作用，機器人反而可以趁承受火焰攻擊的時候重新裝填武器，所以這樣的舉動甚至對黑雪公主他們有利。紅釘似乎也有同樣的看法，機器人再度蹲下，交叉雙手擺出防禦姿勢。

巨龍朝他再度準備噴出灼熱的火焰——

就在即將噴火之際，Sulfur Pot筆直伸出自己的雙手，喊出與先前不同的招式名稱：

「『碳塵煙霧（Charcoal Smoke）』！」

他手掌上開出的大洞猛然噴出大量黑煙，迅速籠罩住巨大機器人。很快地連黑雪公主所站的地方也湧來了黑煙，將她的視野遮得十分昏暗。

她反射性地想跳開，但自己的體力計量表毫無動靜，裝甲上的感覺也沒有改變。所以這黑煙就如招式名稱所說，只是一種煙幕？如果真是這樣，就應該將計就計，利用煙霧來展開攪敵攻擊……

——不對。

「這個氣味……」

黑雪公主低聲咕噥，將意識集中在平常加速世界裡不怎麼受到重視的嗅覺上。這種微微刺鼻的硫磺氣味是……

「…………！糟糕，紅釘，快跑！這煙霧是……」

黑雪公主的喊聲，與Sulfur喊出第二招的聲音重合在一起。

「『灼熱煉獄』！」

「────是火藥！」

巨龍的嘴迸出火焰，噴到黑色煙霧的瞬間。

閃光。轟隆巨響。整個世界都在振動。

黑雪公主受到這種像被巨人之手重擊似的衝擊，被炸得整個人飛了起來，但仍拚命睜開眼睛觀察眼前的光景。她看著巨大機器人的內側噴出好幾道火柱，緊接著鋼鐵的身軀被炸得四分五裂，爆碎四散。

但這些物件也隨即被紅蓮般的火焰吞噬，再也看不見了。遠方傳來琉花與真魚的慘叫聲。

爆炸的衝擊，讓黑雪公主在空中翻騰得幾乎連上下都分不清楚，背部重重摔在地上。爆炸與墜落合計讓她的體力計量表減損了三成以上，染成了黃色。

第二次的火焰噴吐似乎只維持了兩三秒，因為這樣就夠了。

爆炸的火焰散去，灰色煙霧也被場地上的風吹開，從中出現一幅只能以「核爆中心點」來形容的悽慘光景。機器人的殘骸散落在焦黑的地面正中央，四周屋瓦也幾乎全炸得不見蹤影。在稍遠處的路口，則可以看到Lagoon Dolphin與Coral Merrow相互依偎著倒地，黑雪公主也因為爆炸的餘波太強而站不起來。

「……………紅釘呢……………」

她從喉嚨擠出沙啞的聲音，緊接著便看到有東西發出咻咻聲從上空掉落。這個物體墜落於她左方幾公尺處，在地上滾了一陣，看上去是一根大型的螺絲，不，是從機器人中心部位彈射出來的紅釘。他的雙眼不規則地閃爍，看樣子也會有好一陣子不能動。

這次破壞的規模，甚至讓人覺得先前巨大機器人的火力全開只是兒戲。

Sulfur Pot噴出煙霧狀黑火藥的必殺技，搭配尼德霍格廣範圍噴火的的必殺技。這兩種招式成了可怕的連段，徹底顛覆了戰況。

「哼……哼、哼、哼哼哼。」

黑雪公主聽到這破鑼般的笑聲，扭動不聽使喚的虛擬身體轉動視線，看見有個巨大的影子從好幾叢黑煙後方現身。

「真沒想到會在這種地方動用『這一招』啊。畢竟這招一用出來，連我自己都會有事，所以我本來不太想用……」

他說得不錯，穿破煙霧現身的巨龍與騎手，全身都有著新的傷痕。由於是在無限制中立空間，看不見Sulfur Pot的計量表，但尼德霍格的第二條體力計量表多半已經幾乎消耗殆盡。

「……不過，這樣應該就能讓妳了解了，了解我被選為小尼之主是必然的結果。我們一人一龍同心同體，是最棒的搭檔。」

「……………哼，我看……不見得吧。」

黑雪公主忍著全身的疼痛站起，低聲回答。在無限制中立空間裡，痛覺本來就會提升到正規對戰空間的兩倍。而且或許是因為同時挨到高熱與衝擊的傷害，又讓痛覺再度加倍。但她仍然勉強站穩腳步，繼續對Sulfur Pot撂話：

「這頭龍看起來倒是有話想對你說啊。如果要自稱主人……就請你駕馭技術好一點。」

「…………哼，哼哼，真不愧是王，死不認輸的放話也是一流。這下子我可更期待了……期待看見妳哭著求饒的模樣。話先說在前面，小尼的必殺技計量表還剩下一點啊……」

說著，他拉動韁繩，巨龍發出咕嚕嚕的低吼聲張開了嘴。

要是再挨一次火焰噴吐，即使沒有黑火藥搭配，黑雪公主也撐不了十秒鐘。如果全速衝刺逃離，或許還有可能跑到位於旅館內的傳送門，但她萬萬不能對還倒在地上的紅釘、Dolphin與Merrow見死不救。唯一的方法就是留在現場，想辦法從高速移動的打帶跑戰術中找出一條活路……

黑雪公主做出勝算相當低的覺悟，就在這一剎那……

少女感覺到了一種言語無法形容的事物，於是抬頭仰望上空。

風化空間裡偏紅的天空沒有任何改變，但她確切地感覺到了，高密度的資訊不斷累積，正要改寫整個世界。是敵人的攻擊？還是我方的援軍……？

背後傳來一個小小的聲音。

「不用擔心的，大姊姊。」

「…………？」

轉身一看，不知不覺間已經坐起上身的Coral Merrow——真魚，目光筆直凝視天空，但她的模樣有些奇怪，鏡頭眼的顏色似乎也與先前不太一樣。沒錯，就和她們即將連進這裡時，要求黑雪公主拿出第四條ＸＳＢ傳輸線的時候一樣。

「……要來了。」

真魚又說了一次，右手輕輕舉向空中。

10

時間推回加速世界內的約六十分鐘前，又或者該說是現實世界的幾秒鐘前。

神祕人物躲在電梯間旁的柱子後面，看著黑雪公主、琉花與真魚走向位在度假飯店二樓的上網區，等她們三人一進入包廂，立刻跟了過去。

這裡採用以連線方式操作的自動化櫃臺，顧客可以自行從顯示在視野中的包廂分布圖點選空著的包廂來用。然而，這名追蹤者一看見唯一有人的四人用包廂在什麼位置，便毫不猶豫地走了過去。

這間包廂位置靠內，關著的門當然上了鎖。從外頭聽不到說話的聲音，想來三名顧客都已開始完全潛行。追蹤者一碰到門，視野內就顯示出要求輸入密碼的電子鎖對話框。

從輕便連帽外套衣袖中伸出的白皙手指，按下對話框中的ＯＰＥＮ鍵。本來門不該就這樣開啟，門鎖卻在一陣輕巧的音效中解除了。手指順勢拉開拉門，苗條的身體溜進包廂內，接著門又再度關起並上鎖。

這個上網區的電子鎖，與旅館內各間客房所用的鎖相通。因此嚴格說來，除了黑雪公主以外，還有一個人也擁有相同的電子鑰匙，那就是跟她同房的梅鄉國中學生會書記——若宮惠。

惠一踏進包廂，便看見三名少女面對面坐在可調沙發椅上閉眼放鬆的模樣。

單獨坐在左側的當然就是黑雪公主，右側則有兩名年紀看似比她稍小的少女。惠對這兩張曬黑的臉孔一點印象也沒有，而且她們身上又穿著造型陌生的水手服，相信應該不是梅鄉國中的學生，而是就讀邊野古學校的學生。

一認知到這一點，惠立刻表情一歪，咬緊嘴唇。

惠所知道的黑雪公主看似外向，卻在內心築起又高又厚的牆壁。基本上她對剛認識的人都不會敞開心房，因此只有極少數人知道她那動人得甚至有些攻擊性的美貌之下，藏著說話愛諷刺人又有點幼稚的一面。

儘管是透過路由器轉接，但這樣的她會與多半才剛認識的當地學生以有線方式進行完全潛行，惠只想得到一個理由。

「另一個世界」。

黑雪公主的半身所在，隱藏於現實世界另一面的異國。兩名少女就是那個世界的人，而且現在多半正與黑雪公主一起前往那個國度。三人所去的世界，惠別說實際踏入了，甚至從來不曾窺見，連名字都不知道。而且她還用本來應該要為惠挑紀念品的時間來做這件事。

惠的左手顫抖著，擅自舉了起來，伸向黑雪公主的神經連結裝置。

手指碰到從鋼琴黑機殼連接出來的ＸＳＢ傳輸線，用力捏住。

……只要拔掉這條線，她就會回來。雖然她多半會因此永遠喪失某種重要的東西，但她將會回到這裡，回到我伸手可及的地方……

『不可以啦。』

忽然間，她覺得似乎有人在她腦子裡說話。

惠震驚地眨眨眼，看看她們三人的臉，但每個人都維持在完全潛行狀態。不但眼瞼緊緊閉上，嘴唇也同樣動都不動。內建在矮桌當中的路由器，以燈號顯示三條線路都處於與全球網路連線的狀態……

這時，惠才總算注意到傳輸線不只三條。還有第四條ＸＳＢ傳輸線從路由器連接出來，但它的另一端接頭卻擺在桌上。

『這是……一道門，一道能再度引領妳前往那個國度的門。來…………』

惠在這個稚氣中卻有著神祕威嚴的聲音引導下，放開黑雪公主的傳輸線，右手伸向矮桌，拿起第四條ＸＳＢ傳輸線，將接頭移近自己的脖子。

貿然以有線方式接上來路不明的線路，是一種相當危險的行為。這點基本知識，惠也十分清楚，但唯有現在，她並未感受到一絲迷惘。接頭插上櫻花粉紅的神經連結裝置，視野中浮現有線式連線警告標語，接著……

惠看見了幻覺，有一本書無聲無息地出現在眼前的桌上。這書沒有實體，甚至不是３Ｄ物件，卻又存在得極為確切。

「啊……」

她輕吐一口氣。這本書……就是以前她最喜歡的那本書。那本明明看了不知道多少次，卻根本想不起裡面寫了什麼故事的書。一本不知不覺間弄丟後再也找不到的珍寶……

惠在黑雪公主身旁坐下，輕輕將手伸向這本版型頗大的精裝書。封面沒有書名，就只有無數色彩組成阿拉伯式花紋般的紋路。

她戰戰兢兢地翻開封面。

第一頁只寫著一行英文。這行以純黑墨水記載的文字是一句咒語，一句能領她進入書中世界的魔法咒語。惠深深吸一口氣，像歌唱又像祈禱地，唸出了這由兩個單字組成的片語。

「無限超頻（Unlimited Burst）。」

11

聽到真魚說「要來了」，於是黑雪公主再度凝視「風化」場地的天空。

空中只見無數碎雲流過，依舊看不到任何人的身影。本來就不可能有別人出現，此刻待在邊野古的超頻連線者就只有黑雪公主、琉花、真魚與紅釘四個人。侵略者Sulfur Pot固然是從東京以特殊手段遠距連線，但怎麼想都不覺得其他超頻連線者也能自由運用這種機關。換言之，即使又有別人出現，也只可能是Sulfur的同夥，狀況會愈來愈糟……

「──！」

忽然間，她看見了一道光。

空中某個點發出無數櫻花色的小小光芒，旋轉成漩渦狀，彷彿受到和煦春風撫弄的花瓣。淡粉紅色的漩渦迅速擴張，飄散的花瓣填滿了黑雪公主整個視野。

漩渦正中心無聲無息地落下兩隻腳。玻璃般透明的高跟鞋閃閃發光，裙襬極寬的淡粉紅色裝甲護裙接著出現。

來者腰身十分苗條，背上綁著大大的絲帶作為裝飾。禮服雙肩有著圓圓的鼓起，纖細的雙手抱住一根華麗的錫杖。

面罩造型優美到了極點，通透的白金色長髮配件在微風吹拂下，發出清脆的唰唰聲。

黑雪公主從未見過這個對戰虛擬角色，但她同時也為了一股強得過火的確信感到震驚——

「我認識她」。

這個淡櫻花色的女性型虛擬角色，以讓人感受不到重力的速度從幾十公尺高慢慢飄落，在黑雪公主身前以玻璃高跟鞋落地。表情溫和的面罩部位露出微笑……接著用「她的聲音」說出了「她的話語」。

「公主……我來了。」

「……！難、難不成……是……是惠……？」

在加速世界提起本名是最大禁忌，但震撼卻足以讓黑雪公主忘掉這些規矩。儘管還是第一次見到眼前這優美的對戰虛擬角色，但她說話的聲音，更重要的是她全身散發出來的那種平靜氣息，都不可能讓黑雪公主認錯。她——這個超頻連線者，正是黑雪公主的好友若宮惠。

然而，理論上這種情形是不可能發生的。惠沒有BRAIN BURST程式，這點從她並未出現在梅鄉國中校內網路的對戰名單就可以證實。而且，她也不可能在這次校外教學中變成超頻連線者，因為要連上無限制中立空間必須先練到4級，這絕非一兩天就能辦到的。

想到這裡，黑雪公主注意到了一件事。

這個疑似是惠的對戰虛擬角色全身都微微透明，尤其是裙襬與長髮尾端，更像蜃景般不斷搖曳。當她認知到這些跡象時，腦中立刻有如受到天啟似的靈光一閃。

——是過去？

在遙遠的過去，惠曾經是超頻連線者？在黑雪公主尚未創立軍團，仍在港區修行的時候，就已經離開了加速世界，失去BRAIN BURST……但現在又出於某種運作邏輯下，再度進入這個世界……？

她說不出這個推測。

因為背後傳來一個破鑼般的嗓音，其中有著莫大憤怒與不耐煩的波動。

「是怎樣……！你們到底是怎樣！我不准……再有更多怪傢伙跑出來礙我的事……！」

黑雪公主立刻轉身，看見Sulfur Pot威武地站在巨龍尼德霍格背上。那對圓形鏡頭眼燃起憎恨的色彩，睥睨著聚集在路口的五人——

「你們這些傢伙夠了，全都給我消失，給我燒得乾乾淨淨！」

Sulfur Pot用緊繃的聲音忿忿說出這幾句話，隨即伸直拉著韁繩的雙手。緊接著，不止從手掌中開出的兩個孔，連肩膀、胸部與腰間的孔，也都開始露出淡淡的煙霧。

「————『碳塵風暴(Charcoal Storm)』！」

一喊出招式名稱，黃色虛擬角色就猛烈噴出有先前好幾倍規模的黑煙。無指向性的煙霧，呈漩渦狀濃厚地覆蓋住這一帶。看樣子這次他打算把整個鎮一起炸掉。

「不、不好……！」

黑雪公主踩著踉蹌腳步就要上前，卻有一隻纖細的手輕輕按住她。

「不用擔心。公主……由我來保護。」

惠溫和卻堅毅地這麼宣告，高高舉起左手的錫杖。

鑲在錫杖前端的大顆寶石，發出耀眼的彩虹光芒。這些光芒迅速籠罩住虛擬角色全身，更繼續衝向天際。

惠加上輕快的抑揚頓挫，以歌唱般的語氣說出招式名稱：

「『範式變革(Paradigm Revolution)』。」

突然間，一道規模驚人的光柱出現，高高聳立。

在七色光譜間不停轉換的光柱直衝雲霄，接著呈環狀往外擴散開來。這個光環像窗簾似的搖曳擺動，流向每一個方位。

這個招式黑雪公主還是第一次看到，但她在無限制中立空間裡卻已經看過多次極為酷似的現象。當整個空間的屬性切換，不，應該說整個世界重生時，一定會出現七彩的極光。也就是說……也就是說，這個招式是——

「強……制……變……遷……………！」

黑雪公主以顫抖的嗓音發出驚呼。

「變遷」會改寫整個加速世界的樣貌，可說屬於神掌管的領域。區區一個超頻連線者竟能憑一己之力引發這樣的現象，終究令人難以相信，但眼前現象就只能以這樣的方式來說明。

因為，在這無盡擴散的極光環內側，就連天空的顏色也跟著改變。「風化」場地下陰沉的天空換成了蔚藍晴空，塵埃飛舞的勁風也變成乾燥的南國微風——

「什……………什麼……………？」

Sulfur Pot在尼德霍格背上發出破音的驚呼，停止噴出火藥，重新握好韁繩。

「小尼，點火！把他們炸上天去！灼熱……」

但他沒能下完這個指令。

因為地面突然消失了。

嚴格說來不完全是這樣，鋪著沙的荒野，在一瞬間變成了蔚藍的水面。無論是黑雪公主、琉花、真魚、倒地不起的紅釘，還是巨龍尼德霍格與牠的騎手，全都當場被水淹沒。

黑雪公主趕緊張開雙手停止下沉，從水面探出頭來張望四周，卻完全看不到陸地的蹤影。三百六十度的地平線，不，應該說是水平線，全都被水覆蓋，只有遠方散布著一些小小的岩石與島嶼。這是自然系水屬性的極致空間——「大海」。

「……公主。」

聽到這個聲音，黑雪公主迅速轉頭，看到了意想不到的光景。

應該是惠的虛擬角色並未沒入水中。她只用玻璃高跟鞋輕輕點在水面，帶出小小漣漪。惠直立在海面上，平靜地微笑解釋：

「魔法的時間即將結束，所以我得回去了……公主，妳可要在自己的道路上筆直前進喔。我也不會再往後看了……」

黑雪公主並不認為自己能在此刻聽懂這句話中的所有含意，但她仍然用力點點頭回答：

「嗯。謝謝妳，惠。」

惠聽完輕輕點頭，開始上升。黑雪公主仰望慢慢回到天空的櫻花色虛擬角色，又呢喃說了一聲「謝謝妳」，跟著吸了一口氣讓全身沉進水中。

碧藍的海水異常清澈，可以輕易掌握狀況。

巨龍尼德霍格在一小段距離外揮動短短的手腳，騎在牠身上的Sulfur Pot也拚命拉著韁繩，試圖讓龍浮出水面。然而這個公敵的造型顯然不適合在水中活動，只見牠口中不斷吐出無數的氣泡，看來已經沒有餘力噴吐火焰。先前Sulfur Pot所灑出的黑色火焰煙霧，當然也已經消散得無影無蹤。

在離黑雪公主非常近的地方，可以看到琉花與真魚以流暢動作游著蛙式在四處張望，看樣子她們尚未理解到底發生了什麼事。而在她們的腳下，則可以看到同樣以雙手雙腳胡亂掙扎的紅釘，還聽得見他發出帶著氣泡特效的聲音，又或者該稱之為哀嚎。

「救救救、救命啊～！我在水裡沒轍啊～！」

他說得不錯，這個看就知道密度很高的螺絲虛擬角色正慢慢下沉。但在「大海」場地裡，紅釘能使用的金屬物件非常稀少。儘管有極低機會在海底找到沉船，但現在也沒空去找這種東西了。

「抱歉了，紅釘，現在只好請你先沉下去。剛剛你的表現很棒。」

黑雪公主冷靜地這麼一說，琉花與真魚也跟著說聲「師父，再見了～」並揮揮手。

「好……Dolphin、Merrow，現在就是勝敗關鍵。趁他還沒跑到島上，一口氣解決！」

「好～！」

「我先衝過去想辦法纏住巨龍，妳們小心別被巨龍盯上，從側面找機會攻擊……」

黑雪公主的指示下到這裡，琉花和真魚便對看一眼，兩人同時露出得意的笑容。

「不用擔心啦，大姊頭！要知道這裡是海呀～！」

「既然在水裡，就交給我們吧～！」

兩人說得乾脆，黑雪公主還來不及阻止，她們便已經開始游向前方。不愧是名稱冠上海豚與人魚的虛擬角色，動作非常流暢，但只靠這點優勢要對付公敵，實在……

就在黑雪公主想到這裡的下一瞬間。

Dolphin與Merrow在水中轉了一圈，異口同聲地大喊：

「預備！『變形（Shape Change）』！『水中模式（Marine Mode）』！」

兩人的身體各自籠罩在藍色與珊瑚色光芒中。

Lagoon Dolphin從手肘與腰部伸出的小小鰭狀配件一口氣變大，雙腳也變成流線造型，腳尖更多了大型的尾鰭。

Coral Merrow的改變更加戲劇化——兩隻腳合而為一，變成了魚的尾巴。看著她拍打造型尖銳的尾鰭並在水中扭動身體，實實在在就是一條人魚。

兩人轉變成完全的水中活動型態，再次相視點頭，開始直線游向敵人。

她們的速度非常驚人，明顯比在地上奔跑時更快。兩人輕而易舉地穿透高密度的海水，就像兩條魚似的衝向巨龍尼德霍格。

Sulfur Pot似乎終於發現她們兩人接近。

「————小角色給我安分點！」

他撂下這句話，用力拉緊韁繩。巨龍難受地轉過頭來，將長著獠牙的嘴對準琉花與真魚。眼看兩人就要被吸進巨龍張大的嘴，她們卻輕巧地做出轉向，來到巨龍正上方，隨即開始圍繞著Sulfur Pot進行高速迴旋。海水立刻捲起漩渦，迅速化為一道巨大的水龍捲。

「唔喔……妳、妳們兩個……搞什麼……！」

Sulfur Pot在漩渦正中心喊出這句話時，身體已經輕飄飄地從龍背上分開。這時黑雪公主也猜到了琉花與真魚的意圖，她們打算利用龍捲風的迴轉力與吸力，將騎手從公敵身上拉開。

「唔……唔喔喔……！」

Sulfur Pot拚命想拉扯韁繩，但水流並非基礎臂力偏低的黃色系虛擬角色所能抗衡。這場拔河持續了五秒，他的雙手終於放開了韁繩。Sulfur Pot就這麼被水龍捲帶得不斷旋轉，一路被沖得幾乎飛出水面。

「哇啊啊啊！」

Dolphin與Merrow停止高速迴旋，追向發出尖叫的虛擬角色。她們多半是打算給他最後一擊，但公敵又是什麼情形呢……當黑雪公主想到這裡時，真魚回過頭來大喊：

「大姊姊！砍斷龍的鼻繩！」

「……知道了，儘管交給我！」

儘管下令者與接令者的立場完全反了過來，黑雪公主仍然立刻回應。這兩個女孩是在沖繩的海邊長大，這片大海是屬於她們的世界。

雖然速度終究比不上她們兩人，但黑雪公主仍然以雙腳劍當鰭在水中衝刺，轉眼間逼近了掙扎得十分無力的神獸級公敵——巨龍尼德霍格。

巨龍失去騎手後，似乎根本不能活動。如果趁這個機會攻擊應該算是弱點的咽喉與眼睛，也許有可能擊斃牠，但黑雪公主完全沒考慮這個選擇，目光只瞪著捲在巨龍鼻頭上的皮帶。

距離還剩十公尺……八公尺……接近到六公尺時，黑雪公主翻起身體，右手劍全力後縮。

「喔喔喔喔喔……『死亡穿刺』——！」

熾烈喊聲中發出的藍紫色刀刃飛快延伸，照得海水發出耀眼的光芒，精準地只切斷了巨龍的鼻帶。

皮帶往左右解開，隨後連著轠繩一起從巨龍嘴上鬆脫。即使擺脫支配自己的強化外裝，公敵仍然有好一陣子都只是繼續慢慢動著手腳——但牠的雙眼卻又突然發出了凶惡的紅色光芒。

黑雪公主內心登時警鈴大作，但她隨即注意到情形有異——巨龍盯上的不是Black Lotus。只見牠尖銳的鼻面轉往正上方，跟著猛烈扭動又粗又長的尾巴，四肢強而有力地划水，以快得讓人懷疑先前那生硬動作到底是怎麼回事的速度在海中上升。

牠的去路上，有著漂流在海面不遠處的Sulfur Pot，以及在他周圍高速旋轉，轉得他不能動彈的Dolphin與Merrow。

Sulfur看到尼德霍格接近，立刻以尖銳的聲音大喊：

「小、小尼，沒錯，我在這裡！咬死這些煩人的小角色！」

但琉花與真魚雖然看見公敵衝來，卻沒有要跑的意思，彷彿她們已經明白接下來會發生什麼事情。

從馴服狀態中解脫的巨龍，以媲美大型潛水艦的魄力直線往上浮起，游向幾十秒前還是自己主人的虛擬角色。Sulfur Pot彷彿要迎接牠似的張開雙手，得意地說：

「怎麼樣啊，妳們這些小角色！就算沒有那種韁繩，小尼也知道我……知道只有我才是主人！妳們看著吧，我馬上就讓牠把你們全都咬得稀爛，拿去餵魚……」

但這句話說到一半卻緊急剎車。

他將張開的雙手往前伸展，微微搖著頭說：

「怎麼會……這不是真的，怎麼可能，為什麼……小尼，你為什麼要對我……」

緊接著，巨龍看也不看Dolphin與Merrow一眼便從兩人中間穿過。牠隨即張開血盆大口，將凶惡的成排利牙朝向Sulfur。

「這不是真的，不是真的！小尼，我是你的主人啊！這不是真的，不要，不要，不要啊——！」

尖銳的慘叫聲到這裡就忽然中斷，因為那張大嘴一口就把Sulfur Pot的頭給含了進去。無數的牙齒咬進黃色的軀幹，裝甲只抵抗了一瞬間，虛擬角色全身立刻出現細小的裂痕，跟著化為數千塊碎片飛散。他死得實在太容易，也太悽慘。

黑雪公主、琉花與真魚，全都默默看著巨大的神獸級公敵。巨龍以陶醉的動作回頭，看著近在身邊的兩名少女，以及在稍遠處漂流的Black Lotus，就這麼看了一會兒……

突然間，牠再度掉頭，開始往東游向海面。巨龍以彷彿原本就是海龍似的速度遠去，大規模水痕慢慢散開、淡去，最後完全消失，再也看不到公敵的影子。

黑雪公主輕輕擺動雙腳，上升到兩人身旁說：

「Dolphin、Merrow，妳們很努力，這一戰打得很漂亮。」

她這句話一說完，兩人突然伸出雙手，一把抱住黑雪公主，嬌小的虛擬身體微微發抖。想來不管是琉花還是真魚，都是第一次對上公敵以外的對手，第一次把超頻連線者當成敵人。激戰的緊張感，直到現在才慢慢抒解開來。

黑雪公主用雙手輕輕抱住她們的身體，繼續往上游。

頭一探出海面，就看到一道彩虹色光幕從蔚藍天空的遠方接近。相信是惠的虛擬角色對空間帶來的強制變遷生效時間已經結束，世界正要恢復原本的面貌。

「……大姊頭。」

黑雪公主耳邊聽到琉花小聲吐出這幾個字，於是將視線轉了過去。

「嗯？怎麼啦？」

「……聽我說。我會變強，會更努力練習、學習，變得更強。然後……總有一天……」

年輕的超頻連線者說到這裡就緊閉雙唇，黑雪公主以劍刃側面輕輕摸著她的頭。

「嗯，妳要變強。我等妳……我會等待在這個世界重逢的那一天到來。」

「啊啊，琉花好賊。大姊姊，我也要！」

聽真魚這麼喊，黑雪公主便用另一手的劍摸摸她的頭。極光愈來愈近，將蔚藍的「大海」變回先前的紅褐色「風化」場地。

「不過話說回來……我總覺得好像忘了什麼事。」

黑雪公主忽然歪了歪頭思索，隨即聳聳肩膀說算了，靜待海水消失。

等她們下到風化空間的地面，看見螺絲型虛擬角色就滾落在幾步外的地方，才想起到底是忘了什麼。

不只是黑雪公主，連兩名愛徒都忘了他，讓紅釘一回到先前那間酒館就對自動店員用偌大的生啤酒杯點了古酒，還發了好一會兒的酒瘋嚷嚷「沒差啦沒差啦反正我只是一根螺絲啦」。

黑雪公主強忍苦笑道了歉，接著將嘴湊近紅釘的頭部對他耳語：

「不好意思，可以請你先帶Dolphin與Merrow從傳送門回去嗎？我不想讓她們看到這個世界醜陋的部分。」

紅釘只聽黑雪公主講了這幾句話，似乎就猜到了箇中含意。於是他點點頭，喝光杯裡的酒站起。

「好啦徒弟們，咱們回家囉……啊對了，在這之前……Lotus，這個拿去。」

黑雪公主用劍尖接起他彈過來的東西一看，原來是一張卡片。

「剛剛這玩意兒沉到海底，我就想先撿起來再說。我沒什麼機會用到，就送給妳當成這回的謝禮吧。」

「喔……？」

閃著銀光的卡片表面刻了細小文字，【ENHANCED ARMAMENT:MYSTICAL REINS】。

「強化外裝『幻想轡繩』……？」

黑雪公主喃喃說到這裡，才總算弄清楚這張卡片怎麼來的。它肯定就是先前用來支配神獸級公敵——巨龍尼德霍格的轡繩。當強化外裝被黑雪公主斬斷之後，變回「放置在空間中」的狀態，之後使用者Sulfur Pot又已經死亡，於是恢復成無人所有的封印卡。

「唔……拿到這種東西，也不知道有什麼用……」

「別這麼說嘛。聽說在沖繩戰區北邊有些很有意思的公敵，像是飛馬之類的。」

「嗯……既然你說要給我，那我就心懷感激地收下吧。」

黑雪公主打開物品欄，收好道具，於是紅釘心滿意足地笑了笑說：

「好！該起來啦，阿花、阿魚！要是妳們在這邊睡覺，晚上可又要睡不著啦！」

他叫醒不知不覺間在酒館角落打起盹來的琉花與真魚，拖著她們走向店外。兩名少女睡眼惺忪地揮手道別，黑雪公主則輕輕舉起右手劍回應，接著小聲自言自語：

「好了，接下來……」

儘管戰鬥已經結束，但她還有事情要做。她起身走出店外，確定紅釘等三人已經走向旅館建築，於是往西移動了一百公尺左右。

那兒有一團在地上搖曳的小小黃色火焰，當然就是Sulfur Pot死於尼德霍格嘴下後所留的「死亡標記」。

黑雪公主知道Sulfur應該就以幽靈狀態待在這標記附近看著自己，於是靜靜對他說：

「Sulfur Pot，等你復活以後，如果你把你從東京遠距連線所用的作弊程式情報全告訴我，今天我就放你一馬。可是如果你不說……」

少女微微壓低聲音。

「……我就殺到你想說為止。就算要花上幾個小時甚至幾天也無妨。」

12

「大姊頭——！改天要再來沖繩喔——！」

「大姊姊，保重～～！」

兩名穿著水手服的少女站在度假飯店正門前，以恨不得把甩斷手似的力道揮著。接著她們喊了聲預備，算好時間齊聲大喊：

「再見了——！」

黑雪公主從遊覽車車窗揮手回禮，等到兩人的身影被成排的雞冠刺桐樹遮住，她才坐回座位上慢慢呼出一口氣。黑雪公主看見一名像是高中生的少年，坐在離兩個女生稍遠處的長椅上喝著（大概是）香檬果汁，雖然對方或許就是現實中的紅釘，但她最後還是決定不去深究。

「只不過來旅行個一兩天，就多出這麼可愛的支持者，公主真是有一套。」

聽到惠坐在鄰座笑著這麼說，黑雪公主先清了清嗓子才加以抗辯：

「才、才不是什麼支持者……該怎麼說，這算是校際交流的一種……」

「好好好，那我就在學生會日誌上這麼寫囉。」

「嗚，不，這又有點……」

四月十八日。星期四。上午十點。

六十一名梅鄉國中三年級生，分搭兩輛大型EV遊覽車，從邊野古前往與論島。預定回東京的時間是星期六傍晚，校外教學終於進入了後半段。旅行內容漸趨高潮，讓其他學生也愈來愈起勁；但黑雪公主卻覺得，至少今天一整天都只想癱在床上好好休息。畢竟她在邊野古這個地方，已經體驗了一場意想不到的選配行程——大戰神獸級公敵。

照理說坐在左邊的若宮惠應該也是一樣，但她卻以與平常一模一樣的笑嘻嘻表情，翻閱與論島的觀光手冊。看樣子，惠不但不記得在無限制中立空間發生的事，甚至連她自己曾經進入黑雪公主、琉花與真魚所待的上網區包廂一事，也都忘得乾乾淨淨。

昨天傍晚，黑雪公主達到目的而登出超頻連線之後，發現琉花與真魚已經離開，惠卻閉著眼倒在身旁的沙發上。伸手輕搖幾下，這位友人立刻醒了過來，還瞪大眼睛一副不可思議的模樣問「我怎麼會在這裡」。

之後她們回到房間換衣服，此後吃完晚餐直到洗完澡就寢為止，惠始終沒提起加速世界，但黑雪公主卻感覺到她身上有了點小小的改變。從昨天晚上起一直在她眼神深處搖曳的陰影，全都消失了。

吃完晚餐回到房間後，黑雪公主以「統一學生會相關重要檔案」的名目，跟惠的神經連結裝置直連，偷偷檢查了她的本機記憶區，但裡頭並沒發現ＢＢ程式。到頭來，還是沒辦法弄清楚她過去是否真的是超頻連線者。即使惠真的曾經是，又是透過什麼樣的運作邏輯才能再度打開加速世界的門呢？這也是個未解的謎。

然而，黑雪公主覺得這樣就好。相信那次邂逅，一定是沖繩這個不可思議之島送給她的短暫奇蹟……

中斷她這些思緒的，是閃爍在視野上方的純文字郵件收件通知圖示。打開郵件一看，寄件人是紅釘，內容是說他在鎮外一家冷清的網咖裡，發現了黑雪公主所得情報中提到的機關。

那是一具非法改造過的神經連結裝置，能在未佩帶狀態下開機並連上全球網路。Sulfur Pot招認，他是在今年一月參加校外教學來到邊野古時，將「組織」上級交給他的這個裝置藏在網咖的沙發椅之中。相信這具神經連結裝置裡，就安裝了上次那種「後門程式」。照理說ＢＢ中央伺服器已經更新，這種程式應該已經不能再用，但如果這次是更新成會去檢查神經連結裝置內有無ＢＢ程式存在，便有方法可以繞過這道防護。

那就是在這具神經連結裝置裡，除了後門程式以外，還要安裝真正的BRAIN BURST。

這種手段大膽得無以復加，可怕得令人起惡寒。因為，若要準備安裝了ＢＢ程式的神經連結裝置，就得在現實中搶奪……再不然就是什麼都不解釋就收「下輩」，然後立刻搶走下輩的神經連結裝置。

Sulfur Pot儘管招出遠距連線的機制，對於他所屬的「組織」卻隻字不提。黑雪公主本想繼續凌遲這傢伙，但考慮到自己也設定了自動斷線的保險，於是就放了他。

紅釘的郵件上還有著附註，說找到這句無人神經連結裝置時，電源已經關閉，記憶區也以物理方式自毀。這個「組織」實在是大膽又小心，不知道將來會不會正面衝突。

——算了，到時候只要毫不留情毀了他們就好。

黑雪公主在內心喃喃自語，關閉了郵件程式，隨即有一個冒著熱氣的杯子從旁遞來。從香氣來判斷，似乎是加了柑橘類果香的紅茶。她心懷感激地接過並道謝：

「謝了，惠。」

「不客氣。」

這位好友露出暖洋洋的笑容後，微微鄭重表情，小聲說下去：

「我說啊，公主。」

「嗯？」

「等回到東京，我打算寫一篇以沖繩為舞台的故事。有海、龍、人魚……還有一個穿著黑色和服的劍士。昨天我就作了這樣一個夢。」

「……這樣啊。」

黑雪公主微微一笑，將自己的左手輕輕放上惠的右手。

「妳應該會讓我當第一個讀者吧？」

「呵呵，那公主可要覺悟，因為多半會寫得很長。」

「好，我等著看。還有我也等著看惠買給我的禮物。妳選了什麼……唔唔，根據我大宇宙的直覺……」

「啊，不行啦公主！要是真的猜中要怎麼辦！」

「唔唔唔……我看見了！這是……」

「就說不可以了！妳再說下去，小心我揉妳！」

兩名開心嬉鬧的少女頭頂行李架上，並排放著兩個旅行箱。

黑雪公主的旅行箱裡，放著用櫻花貝殼排成櫻花造型的項鍊。

而惠的旅行箱裡，則放著用黑蝶貝殼雕琢成黑鳳尾蝶造型的項鍊。

離她們兩人在學生會室互相送出禮物，對這完美的一致大吃一驚並露出滿面的笑容，還得等上好幾天。

Accel World

-Elements-

對戰

「喔……這就是『第四世代完全潛行實驗機』啊？」

我口中喃喃自語，仰望起這個坐鎮在眼前的巨大立方體。

不經裝飾的鋁製機殼板有著朦朧的光澤，並排的數具冷卻用風扇發出低沉的吼聲。箱子一邊接著一張凝膠床，一套粗獷的安全帽型大腦連線介面就鋪在床墊上。

「好大一台啊。比嘉先生，我看這大概比早年的遊樂場專用機台還大吧？」

我回頭這麼一說，面向控制台的男性操作員便抬起頭來，喊冤似的聳聳肩膀表示：

「這已經比當初預期的要小得多了呀，桐谷同學。而且跟以前放在遊樂場的第一世代機型比起來，效能的差別就像紅白機跟DC那麼大啊！」

「……這兩款主機我都沒看過實體……」

「咦，那你的人生就虧大啦！下回在我的公寓辦個密集的老遊戲夏令營……」

眼前這位說著脫線台詞的男性——比嘉健，就是開發出這款全球最尖端VR機種的主任研究員，但從外表完全看不出是這麼厲害的人物。他那一叢叢細長頭髮像針山一樣上衝的髮型，配上大了好幾號的圓眼鏡，還穿著印有電玩角色圖案的T恤，這副德行與其待在這種昏暗的高科技控制室，還不如去逛秋葉原的店要搭調一百倍。

但放學後連制服也不換就跑來的我，其實也差不了多少。

至於我——桐谷和人，為什麼會待在這裡——位於港區六本木的某創業公司研究室，理由其實非常單純。我只是來打工的。

完全潛行設備不斷演進，從第一世代的大型娛樂用機台，第二世代的NERveGear與頸掛式AmuSphere，到第三世代的醫療用器材Medicuboid，全都沒有限制使用資格，但所謂的資質仍然有一定程度的差異。所謂資質，就是指大腦能以多高的效率和機器連線，但這點除了與生俱來的天賦以外，也可以透過長時間的連線經驗來提升。

而在當今的日本……不，即使放眼全球，有著最長連線時間的人，無疑就是一年以前那起「SAO事件」的「生還者」。

在比嘉健主導下開發的這款第四世代機種，據說在與大腦連線的層級精度上，比起之前的機種是壓倒性地高，但這高度的效能卻引發了意想不到的問題。由於大腦與機器之間傳輸的資料量實在太大，包括比嘉在內的全體工作人員，想要進行測試連線時都會因為「暈VR」而無法在裡面隨心所欲活動。

因此，比嘉先生才會透過某個管道，委託身為「生還者」之一的我擔任兼職測試連線者。而我看到日薪數字後便一口答應，因此一路跑來六本木。

「——總而言之，我只要用這玩意兒進行完全潛行，在裡頭動來動去就行了吧？」

我摸著冰涼的鋁製外殼這麼一問，比嘉就連連點頭。

「對對對。說來見笑，我們這些人一看到裡面的畫面就想吐了。現在我們正在開發能配合連線者資質來調節連線深度的機制，可是要做出這樣的機制，就非得找人連線進去蒐集資料不可啊，哈哈哈。」

「……沒差啦，既然拿了錢，什麼工作我都會做……不過在這之前，有件事請先讓我問個清楚。」

我朝這厚重的頭戴式介面瞥了一眼之後才說下去：

「呃，進行連線，應該沒有危險……吧？」

「當然當然當然當然！」

比嘉連說了三次，重重點了點頭。

「桐谷同學是SAO的生存者，也難怪你會擔心，這種心情我非～常清楚啦。不用怕，我開發的機器真的只有那麼一點點危險！」

「是嗎？聽你這麼說我就放心……」

我硬是把結尾的「了」這個字吞回去，又看了比嘉一眼。

「……『只有那麼一點點』？」

「不不不，沒事沒事沒事！」

比嘉把兩句話各說了三次，才小聲又快速地接下去：

「……只是如果連線中電源突然斷掉就有點那個，還有……」

「那個是哪個……？」

「不不不，沒問題！而且我們還配備了兩套輔助電源系統跟緊急用電池！」

「我想問你說的『那個，還有』後面是要說什麼……」

「不不不，No Problem！不會造成實質損害！只是，這個，有點，該怎麼說……」

我朝雙眼在圓眼鏡下飄移的比嘉走上一步，盯著他看。

「…………該怎麼說，這個，有種不是那麼數位的現象……」

「…………這話是什麼意思？」

「也就是說不合邏輯……還是該說不自然……講白了，就是會鬧那個。」

說著比嘉雙手垂到胸前。看到他這個動作，我終於知道眼前這個科學家在說什麼。

「啥……？鬧、鬧鬼……？」

比嘉被我用「你在說什麼鬼話？」的視線照射，再度連連搖頭。

「不，我說真的，是真的啊桐谷同學！我就看得清清楚楚……你聽好，這台實驗機在全世界都還只有這麼一台，這你也看到了，所以一次只能有一個人連線進去。可是……連進測試空間的工作人員，就曾經好幾次在裡面看到淡淡的人影……」

比嘉說這話的表情如果換到漫畫世界，額頭上多半會被畫上很多很細的效果線。我的表情瞬間轉為認真，接著露出苦笑想掩飾過去，並且大大聳了聳肩。

「應該是因為暈ＶＲ才會誤認光影特效吧？再不然就是著色器函式有Bug。」

「No～！由我天才比嘉寫的程式，怎麼可能會有那麼低層次的Bug！」

比嘉突然換成外國人的語氣，但我不經意地聽而不聞，又動了動肩膀。

「你要知道，如果是說這個房間鬧鬼就算了，說ＶＲ世界裡鬧鬼，我根本連聽都……也不是沒聽過啦，可是我在艾恩葛朗特去查這類謠言時，結果也不是鬼，是ＮＰＣ。」

我說的當然就是我跟亞絲娜收為「女兒」的系統直屬型ＡＩ「結衣」。如果跟她說我當初是去找鬼，她大概會生氣吧。

「……也就是說，在ＶＲ世界裡看得到的東西全都是數位程式碼，這些東西的存在應該都清清楚楚記載在記憶體的位址上。只要檢查疑似鬧鬼時間的系統記錄，應該馬上就能查出測試連線者看到了什麼……」

聽到我指出這一點，比嘉卻像小孩子似的嘟起嘴：

「這我當然查過了，可是記錄檔上完全Nothing。也就是說，這肯定不是實驗機軟硬體造成的物件。這樣一來，只可能真的是鬼……再不然……」

「……再不然？」

「…………呃，這件事的機密層級太高，不能告訴你，所以希望你當作沒聽到。」

比嘉先加上這麼一句危險的開場白，才壓低聲音說下去：

「這台實驗機的心臟裡，加進了『量子運算迴路』，也就是所謂的量子電腦。」

「……這也是比嘉先生做出來的？」

「我是很想回答Oh yeah！不過很遺憾，基礎理論是茅場學長留下來的。先不說這個，從以前就有人說量子電腦有著干涉平行世界的可能性……在科幻的世界裡是這樣。」

「…………平、平行世界……這～種東西你也相信？」

我用不禁受他感染的語氣這麼一問，比嘉就以承認與否認各佔一半的微妙方式搖搖頭。

「我只是說如果能實現這樣的事情會很棒！可是啊，如果這個說法是事實，那就可以解釋鬧鬼的問題。也就是說，這台實驗機跟存在於另一道時間流……跟存在於過去、未來，又或者是平行世界當中的同種量子電腦互相干涉，才讓連線者看見根本不應該存在的人影……」

「…………怎麼聽起來跟真的鬼差不多。」

我又聳了聳肩膀，看看牆上的鐘。

「算了，會不會鬧鬼，連進去了應該就會知道……今天我妹說要下廚，要是不在晚餐時間前回到家，我會被她痛扁，所以差不多該……」

「咦，桐谷同學有妹妹？她、她幾歲了？」

比嘉的反應讓我有種似曾相識的感覺，但這個問題我也同樣不經意地裝作沒聽到，直接往實驗機的床鋪坐下。配合床墊上的凹陷處躺好後，我便把頭鑽到頭盔下。

「好了，我隨時可以開始。」

比嘉露出一副還想問下去的表情，我催他趕快開始後就閉上眼睛，聽著與放下頭盔馬達聲重合的最後幾句說明。

「……那麼，我們要開始連線了。虛擬角色會自動從桐谷同學的『自我印象』塑造出來，應該不會讓你覺得不適應。」

「了解。」

我豎起左手大拇指，背後的實驗機發出低沉的運轉聲呼應。

＊＊＊

——又來了。

有田春雪覺得視野中的景象產生奇妙晃動，瞇起了粉紅豬造型虛擬角色的雙眼。

整個世界都是通透的藍色，這是可以透過「超頻連線」指令連上的「起始加速空間」。

現實世界中，春雪脖子上所佩帶的量子連線機器——神經連結裝置深處，安裝了神祕的應用程式「BRAIN BURST」。BB程式回應春雪所下的指令，將思考加速一千倍，讓他連進這個染成一片藍色的空間。

起始加速空間的存在，是為了讓使用者搜尋對戰名單，找出對手來對打，又或者是執行外部軟體來進行各式各樣的作業。春雪現在「加速」的理由是後者，也就是為了解決最晚今天就得交的功課。說得精確一點，離截止收件的時間只剩現實世界中的十五分鐘。第五節課的日本史老師要他們交報告，然而春雪不但腦中的記憶領域裡沒有這回事，甚至忘了寫進行程APP之中。

如果是數學或英文，至少還有最終手段可以動用，也就是拜託拓武或千百合讓他抄——雖然這人情日後一定會被完完整整討回去——但屬於申論式的報告就不能這樣了。

因此，他不惜消耗1點寶貴的超頻點數來「加速」，心無旁騖地猛敲投影鍵盤，然而……

春雪忽然間感受到某種奇妙的氣息。他抬起頭一看，發現視野中無人的藍色教室正中央，景象似乎微微一晃。

「…………怎麼回事……？」

春雪喃喃自語，以粉紅豬的模樣下了椅子，在一排排桌子之間走上幾步。凝神一看，就能看見黑板的一部分又微微起了漣漪。沒錯……彷彿春雪與黑板之間有某種透明的東西在動。

其實，這並非他第一次接觸這樣現象。最近這一個月裡，當他進行完全潛行時，偶爾會看見景象如此晃動，而且還不是在正常的VR世界，而是只在「加速」時發生。

但今天的現象卻比以往更加明顯。春雪連功課都忘在一旁，聚精會神地觀看。

接著，他立刻發現一件事。

「……是人？」

沒錯，這個出現在教室中的搖晃現象，看起來有著人體的輪廓。

但這是不可能的。

原則上，這個藍色的基本加速空間，是屬於說出「超頻連線」指令者獨處的世界。要讓更多人進入同一個空間，就必須將雙方的神經連結裝置直連，並同時執行加速指令。但春雪現在當然並未與任何人直連。

也就是說……

「…………鬧、鬧鬼了？」

春雪被這句自己脫口而出的話嚇到，正要慢慢退往教室後方，但就在這時……

透明影子竟然跟著接近，雙方始終維持一樣的距離。

「哇、哇啊啊！」

春雪以更快的速度往後衝刺，接著下意識地就要喊出停止加速的指令：

「超超超超、超頻登……」

但他總算在最後忍住。

這裡不是現實世界，而是神經連結裝置根據公共攝影機所拍影像創造的ＶＲ空間。眼中看見的一切，都是可以置換成程式碼的數位資料。因此那個影子會存在也一定有理由，這裡不可能鬧鬼，說鬧鬼都是騙人的。

春雪躲在最後排的桌子後面拚命思考。相信一定有手段可以查明那個人影——或說看起來像人影的物體——到底是什麼東西。假設這是另一個人，而這裡不是一般的ＶＲ空間，而是加速空間，那「這個人」就非得是超頻連線者不可。只要有超頻連線者連上同一個網路……

「對、對了……對對、對戰名單上，應該會出現名字。」

春雪以乾澀嗓音說到這裡，迅速敲下虛擬桌面左上方的「Ｂ」字樣圖示。BRAIN BURST功能選單跳了出來。春雪切換分頁，打開對戰名單。

最上面是自己的名字，接著是待在同一間教室的拓武——「Cyan Pile」，以及千百合——「Lime Bell」。再來還有多半待在學生餐廳附設交誼廳的黑雪公主「Black Lotus」。現在梅鄉國中裡，應該就只有這四個超頻連線者。

然而……

在名單第五格，卻浮現一行有如浮水印的像素集合體微微扭動。

不知怎麼回事，這些光點並未立刻形成文字，而是在倒抽一口氣的春雪注視下劇烈震動、閃爍，最後總算變換成幾個英文字母。

但這行字卻沒有符合對戰虛擬角色的命名規則「顏色・名稱」，就只列出了六個英文字母，也沒顯示出等級。

「K、i、r、i……t……o……？」

——桐人？

他是什麼人……？

春雪在好奇心的驅使下，右手自己動了起來。

他敲了一下這位神祕超頻連線者的名字「Kirito」，從跳出的視窗上點選「DUEL」，並在詢問是否確定的對話框上點選「YES」。

一片全藍的教室，就像溶在水中似的消失無蹤。

春雪的豬型虛擬角色穿過一段伸手不見五指的空間，在強光中改變了形體，化為戴著圓形頭盔、有著細長四肢的白銀對戰虛擬角色「Silver Crow」。

綠色的體力計量表從視野上方往兩側延伸，正中央出現「1800」的倒數讀秒。

最後一串寫著「FIGHT！」的火焰文字閃出紅光，爆碎消散。

正面有個人站在一小段距離外。

他看起來不像超頻連線者。

據春雪所知，所有超頻連線者的化身，都有著狀似機器人的硬殼型外觀。其中也有人穿的是比較一般的衣服，但長相都跟現實當中不一樣。

然而，此刻站在眼前的這個人，卻顯然有著人類的外表。

對方是男的。稍長的頭髮與一對犀利的眼睛都是黑色，年紀多半比春雪稍大。他身穿狀似黑色皮革的大衣，手上戴著露指手套，腳上穿著皮靴。交叉掛在背上的兩根細長物體則是……

「……………劍？」

春雪以沙啞的嗓音說到這裡，慢慢拉開距離。

錯不了，就是奇幻題材遊戲中幾乎都會登場的「長劍」，劍柄顏色分別是黑與白銀。那玩意兒明明應該是由多邊形構成，閃出的光芒卻讓人感受到一種沉甸甸的質感，哪怕仍未出鞘，卻已經讓人在在感受到裡頭的刀刃貨真價實。

這人不是BRAIN BURST的對戰虛擬角色，但怎麼想都不會是無害的一般完全潛行用虛擬角色。

春雪戒心大起。他瞪著對手，深深吸一口氣大喊：

「你是誰……！你到底怎麼連上梅鄉國中校內網路的！」

但即使這帶有特效的聲音傳遍整個對戰空間，黑衣劍士仍然動也不動。

看起來不像對方不理他，而是從一開始就沒聽到他說話。

仔細一看，劍士型虛擬角色各處的輪廓都像煙霧般十分模糊。春雪不知對方究竟是沒有實體，還是只有影像傳送過來，因此前進一步想弄個清楚。

這一瞬間，劍士也同時有了動作。黝黑發亮的皮靴向前踏出一步，並因為踩上地面的小石子發出唰唰聲。

「——！」

根本不是什麼幻象！

春雪趕緊再度跳開，尖銳的雙手舉到身前，擺定架式不動。

劍士似乎也被他的動作刺激到，臉上竄過緊張的神情，右手更是快如閃電地握住了背上黑劍的劍柄。

＊＊＊

——這裡到底是哪裡？

——這小子又是誰！

我心中不斷重複這兩個問題。

記得負責操作的比嘉在事前說明時，說過要連進的空間應該是正午時分悠閒的草原風光。可是出現在我四周的光景卻完全相反。

地面龜裂，水泥建築物瀕臨倒塌，徹底封鎖。汽油桶不時噴出火舌，夜空裡看不到一顆星星，簡直像是文明毀滅後的世界。

如果只有我一個人存在，我多半會懷疑是量子迴路出了什麼差錯，把我的意識送去未來的東京。但也不知道算不算幸運，幾公尺外就有另一個人影存在。

這個人影好歹有著人體的輪廓。他頭上戴著光滑的圓形安全帽，全身密不透風地覆蓋了一層金屬裝甲。在火堆照耀下閃著銀色光芒的軀體，與大大的頭部相比顯得非常細小，不成比例的情形嚴重到怎麼看都不像裡面有人。另外，這個人影背上還有著折疊起來的散熱片狀物體。頭盔前半部是鏡面護目鏡，看不到裡面的臉孔。

「機器人……？」

我自言自語，踏上一步想看個清楚。皮靴底踏上斷垣殘壁，發出砂石摩擦的唰唰聲。

這一瞬間，銀色的機器人迅速跳開，雙手舉到胸前擺出架式。

他手上沒有武器，但五指指尖發出銳利光芒，看得出有著不容輕視的威力。一想到這裡，我的右手也自然地產生了動作，隔著肩膀握住掛在背上的劍柄。

——劍？

到了這時，我才注意到自己的模樣並不是現實世界的高中生桐谷和人，而是懷念的ＳＡＯ時代那個劍士桐人。

比嘉說，連線時電腦會自動從自我印象中塑造出虛擬角色。也就是說在我的認知裡，真正的自己並不是現實中的自己，而是已經不存在於任何地方的「黑衣劍士」。這讓我幾乎忍不住露出苦笑，但現在不是鬆懈的時候。畢竟這神祕的銀色機器人舉起雙手擺出架式，而我也不由自主握住了劍柄。也就是說，狀況已經演變到一觸即發的地步。

一旦我拔出劍，機器人肯定會出手攻擊。儘管他的外型有些滑稽，架勢卻沒有半點破綻，散發的鬥氣更不會來自沒有靈魂的ＮＰＣ。換言之，先不說這個機器人型虛擬角色到底是什麼來頭，至少可以確定是由真正的人類控制。

在這緊張的氣氛下，我決定先開口問問看。

「……我說啊，你是誰？這裡可是私人企業的封閉式網路空間喔。你是從哪裡來的？為了什麼理由連進來？」

但我得不到回答，看來對方根本聽不到我說話。我是很想改用肢體語言交涉，但現階段多半有困難。只要我右手再有任何一點動作，難保眼前這個大頭機器人不會立刻撲來。敵我之間的氣氛，已經緊繃到了這個地步。

——我想都不想就伸手握劍，當然也是有錯啦。可是你也太好戰了點吧！

我在內心發著牢騷。銀色機器人突破企業的防護而入侵實驗機，這已經是明明白白的違法入侵。那麼他的態度難道不該再偷偷摸摸一點嗎……

想到這裡之後……

儘管為時已晚，但我總算注意到了固定顯示在視野上方的東西。

中央是幾個數字，上頭的【1740】正逐秒減少。數字兩側還有發出綠色光芒的橫條，此外下方各有一條較細的藍色橫條。

左側橫條下面有一排字串，清清楚楚寫著：【Kirito】。這怎麼想都是我的名字——也就是我在連線前請比嘉製作的登入用ID。

右方橫條下面則有一排閃閃發光的文字寫著【Silver Crow】。

「Silver……Crow……」

我無聲唸出的這兩個單字，想必就是眼前這個銀色機器人的名稱，沒有懷疑的餘地。

這個畫面組成，以及當下的情境。

突如其來的靈光一閃讓我愕然瞪大雙眼。

這……這個世界，才不是什麼悠閒、無害又和平的實驗用VR空間。

是「對戰場地」。我連進了復古的對戰型格鬥遊戲！

比嘉曾說過，配備在實驗機當中的量子迴路，有可能干涉到屬於不同時間流的世界。那麼這裡是格鬥遊戲最為興盛的一九九〇年代的世界？不不不，這怎麼可能？那個時代根本沒有完全潛行技術。那麼是在未來嗎？雖然我也不知道這是多少年後，但在遙遠的未來，格鬥遊戲又大出風頭了？

「我說啊……Silver Crow。」

我忘了對方聽不見我說話，愈說愈快：

「這裡是格鬥遊戲裡面的世界？這遊戲叫什麼……」

我問這話的同時。

也沒想到要先放開握住劍柄的手，又往前踏上了一步。

對方立刻有了反應。

等我意識到銀色機器人型虛擬角色左腳鏗一聲踢向地面時，對方纖細的身軀已經宛如一道電光衝進我內門。

＊＊＊

春雪反射性地左腳踏上這一步，才在腦子裡的角落大喊糟糕。

對方接近的這一步，也許並不是攻擊動作。他既沒拔劍，也沒擺出架式，身前空門大開。

但春雪的意識已經無法取消以超高速輸出的攻擊指令。Silver Crow的虛擬身體以全速往前一衝，朝黑衣劍士側腹使出一記先發制人的右腳中段踢。

本來春雪的對戰風格絕對稱不上主動。如果對上從未見過的對手，他都會好好觀察個夠，推測出對方的屬性與招式傾向之後才慢慢接近，這是他奉行已久的原則。

更別說現在出現在眼前的對戰虛擬角色十分奇怪，不但沒有顏色名稱，還直接露出血肉之軀的面孔，唯一的特徵就是全身穿著黑色衣物。如果換成紅色或藍色，倒還可以推測對方大致屬於遠攻型還是近戰型，但黑色就無從推測了。先前對峙之際，春雪不由得想「早知道會有這種事，就應該先跟黑雪公主學姊問清楚『黑色』到底是什麼屬性」，但現在說這些都太晚了。

儘管碰上這麼來路不明的對手，春雪卻被對方小小的動作觸發而先下手為強，這全是因為這名叫做「Kirito」的黑衣劍士散發出的沉重壓力。

嚴格說來對方的個子算小，臉孔也還只是個少年。但他明明只是以直立姿勢握住劍柄，與其對峙的春雪卻持續感受到一股足以讓自己喉頭乾渴的壓力。這樣的緊張感，簡直就像在與7級或8級的高等級玩家——不，應該說像是在與「王」單挑。

如果這個神祕劍客多一點破綻，春雪多半反而會選擇後退，躲進「世紀末」屬性下狹窄的巷弄，想辦法弄清楚情形。然而這個劍士——「桐人」，卻完全沒有破綻可言。春雪害怕只要自己稍有退縮，腦袋瞬間就會被他拔劍砍飛。

因此，當Kirito隨意踏上一步，立刻引爆了春雪的全力衝刺。

——事情都弄成這樣，那也沒辦法了！

春雪在從踏步到使出踢腿的剎那間，做出了這樣的覺悟。

當超頻連線者之間相互對上，唯一要做的就是「對戰」。這是師父兼上輩Black Lotus給他的教誨。等右腳中段踢命中，踢得對方失去平衡，之後就要黏上去持續進行零距離搶攻，不能給他機會拔出背上的劍。等必殺技計量表集到半條以上，再飛上天用俯衝攻擊做個了結！

灌注了如此意志的第一擊，在黑夜中畫出銀色弧線，像受到吸引似的踢向對方腹部……

嗤一聲輕響中，這一腳踢了個空，只扯掉外套的一個鈕釦。

「這…………」

春雪失去平衡之餘，不由得發出驚呼。

不可能。從這個距離與剛剛的踏步動作，若是被格擋住也還罷了，竟然會被閃開？

他茫然瞪大的雙眼，看見少年右手一閃，在一陣清澈的金屬聲響中拔出了漆黑的長劍。

＊＊＊

了不起的速度。

這一腳發自白銀虛擬角色「Silver Crow」衝刺與果決踏步的右腳中段踢，以看得出反覆練習過幾千次的超流暢動作劃向我的肚子。

但也正因為太流暢，我才勉強感覺得到這第一擊瞄準的部位。

控制Silver Crow的是個活生生的玩家，這點千真萬確。而人在操縱虛擬角色時，都會流露出怪物所沒有的細微資訊。包括重心的移動、腳尖的方向、腰沉得多深、以及視線。

在只要挨到一下就難保不會真正喪命的SAO裡，對戰時特別講究預判對方的動作。也因為如此，若是互鬥雙方的實力在伯仲之間，從遠距離使出的單發大招，幾乎百分之百打不中。使用撲擊招式時，一定會先算好接下來的動作，即使被格擋或閃開也無所謂，而最重要的大招更是一定會組進連段之中。

從這個觀點來看，Silver Crow的中段踢速度固然驚人，但實在太缺乏變化。從他有動作的那一瞬間，我就有了左側腹會中腳的預感，所以全力往後跳開。能只被踢掉一個鈕釦就了事，應該算是幸運吧。

Crow似乎沒料到這一腳會被閃過，被這一踢的力道帶得上半身一歪。這一瞬間實在太有魅力，讓我無法放過。也許我的理智還覺得這種狀況下不該積極打鬥，然而右手卻自行閃動，從背上拔出了兩把愛劍之一——「闡釋者」。

「喝！」

我感受著手上這令人懷念的重量，同時發出短短的呼喝，將劍垂直下劈。劍刃劃出淡藍色光軌，像受到吸引似的劈向Silver Crow的右肩。

＊＊＊

「嗚喔……」

春雪小聲驚呼之餘，凝視著直逼而來的銳利劍鋒。

他來不及閃躲，也來不及用手臂格擋。桐人從拔劍到劈砍的動作完全沒有用力的跡象，簡直就像輕輕一摸那麼自然，但刀刃中所灌注的威力，卻強得讓春雪虛擬身體的表面隱隱作痛。

Silver Crow屬於金屬色，對切斷屬性攻擊有一定的抗性。但現在他卻有種直覺——一旦挨了這一劍絕對不會沒事。既然如此，至少也得將所受的損傷降到最低才行。

戰鬥才剛開始，春雪的意識卻彷彿已經來到勝敗的分水嶺，開始進行「超加速」。周圍景象的色相改變，逼來的刀刃速度也顯得微微放慢。

春雪膝蓋一彎，以和揮砍方向不互衝的軌道讓虛擬身體往下一沉。帶有光澤的黑色劍鋒碰上右肩裝甲，激出耀眼的橘色火花，往四面八方飛散得閃閃發光。他所料不錯，劍刃並未就此停住，而是以比春雪沉腰更快的速度劈開銀色裝甲，一公分一公分地陷進來。若是就這麼倒在地上，這一劍多半會繼續直劈到底，砍斷他的右手。然而——

……就是現在！

春雪因為肩膀中劍而導致HP計量表減少，必殺技計量表上則出現了與損傷量成正比的些許光芒。這一瞬間，春雪將這少許氣條轉換成瞬間的飛行力，振動背上的銀翼零點一秒。

這讓他在本來只能倒地的姿勢下，產生了往後移動的力道……

儘管只有短短五十公分，Silver Crow的身體依舊確實地往後移開，劍刃也與傷口分離。

「……喔喔喔！」

春雪大吼一聲，卯足全力踢向地面，又往後方跳了一大步。

＊＊＊

——發生了什麼事？

我感受著劍鋒徒然咬上地面的衝擊，不禁倒抽一口氣。

闡釋者的黑色劍身無疑咬上了「Silver Crow」的肩膀。這一劍精準地砍中裝甲接縫，讓我確信可以一口氣卸下他的手臂；然而只不過砍進兩公分左右，銀色機器人便突然以極猛的力道往後逃脫。

他當時的姿勢絕對不可能做出這種動作。整個動作非常詭異，簡直像有人從後用鋼索拉了他一把。

我迅速抬起頭來，凝視這個轉眼間就將距離拉開十公尺以上的虛擬角色。

當然，他全身上下都看不見任何鋼索之類的東西，也沒有噴射孔之類的裝置。

——不對。

Crow的背上有著折疊起來的金屬薄片。在他往後衝刺前的那一剎那，這些金屬片是不是振動了一下？

若他那種超常機動力的祕密就在這些金屬片上，那麼這些金屬片就不是我當初所料的散熱裝置，而是一種推進裝置了。但如果真是這樣，他為什麼一開始不用？

當思考進行到這裡，我注意到了顯示在視野內的各種資訊有了細微改變。

首先，右上方屬於Silver Crow的綠色橫條，減少了大約三%。

左上方屬於我的計量表則還是全滿，但下方較細的藍色計量表卻有一小段在發光。

如果這個空間如我所料，是以上個世紀的對戰格鬥遊戲為基準，那麼這兩條計量表的意義就非常明確。綠色的橫條多半就是SAO裡面也有的「體力計量表」，至於藍色橫條則只可能是「必殺技計量表」，而這條計量表多半是承受或造成損傷就會累積。換言之，Silver Crow應該是在中我一劍而造成計量表開始累積的瞬間，立刻用掉這些計量表驅動背上金屬片。換句話說，如果必殺技計量表是空的，Crow就沒辦法動用這些金屬片。

——既然如此，背上沒有那種裝置的我又會有什麼「必殺技」呢？

現在我使用的「二刀流」桐人虛擬角色與兩把愛劍，都是從我的自我印象——也就是從記憶塑造出來的。既然這些形體能在這個對戰遊戲的系統上運作，那應該也能從記憶中叫出我的必殺技。而如果有人問對我來說必殺技是什麼，我馬上就能給他答案。除了「劍技」以外別無其他可能。

我右腳慢慢後拉，將劍移向後，擺出單手直劍用基本劍技「音速衝擊」。姿勢一擺，劍便發出輕微的嗡嗡聲，同時必殺技計量表發光的一小段也開始閃爍，但這些現象很快就停止了。這應該是指計量表還不足以發動劍技。

「……原來如此啊。」

說著，我再度注視前方的對手。

從Silver Crow的反應，以及這陌生的畫面配置來看，闖入……不，應該說進到這個虛擬空間「挑戰」的反而是我。如果是在格鬥遊戲裡，也就難怪會有這種殺氣騰騰的背景了。

想來對Crow而言，這裡是他平常就在玩的遊戲舞台，而我……不，應該說第四世代實驗機的量子迴路，卻對此造成了干涉。光是為了找做出這種危險玩意兒的比嘉抱怨個夠，就讓我滿心想立刻登出，但找遍整個視野都找不到登出按鍵，而且我也不知道登出要用什麼指令。

但既然這裡是對戰遊戲，相信等「對戰」結束，這次連線也就會切斷了。

既然是這麼回事，呆呆站在原地挨打來消耗生命力計量表這種事，實在不合我的作風。

畢竟，我是個「挑戰者」。為了打贏對方而竭盡全力，才是真正盡了禮數。

打從被丟進這個空間以來，我首次在嘴邊露出了笑容。

我聽見腦海中有個開關切換的聲音。

＊＊＊

當春雪覺得來路不明的超頻連線者「桐人」微微露出笑容的那一瞬間，虛擬的皮膚便起了雞皮疙瘩，連右肩傷口的疼痛都暫時拋諸腦後。

迎面而來的強烈壓迫感，讓他不知不覺就想退開，趕緊使勁留在原地。

桐人固然是侵入梅鄉國中校內網路的不速之客，但從名單上找出這個名字並選擇對戰的卻是春雪。身為「黑暗星雲」軍團的團員，實在不容他做出找人對戰卻跑掉的這種選擇。

——現在不是害怕的時候了！既然不能交談，那麼要收集這個人的情報，不就只剩下用拳頭——雖然對方是拿劍——交心了嗎？

春雪這麼告訴自己的同時，感覺到丹田點起了一把火。

先前桐人躲過他全速衝刺中段踢時所展現出來的反應速度，比春雪之前打過的任何一個對戰虛擬角色都快。他想再看一次這樣的動作，並且加以超越。

春雪用力握住雙拳，沉腰準備再度衝刺。

從遠處發出大開大闔的招式絕對打不到。而且對方有劍，因此攻擊距離上佔了優勢。既然如此，唯一的方法就是想辦法切進去，以貼身巧打的方式逼出破綻。

他的劍看起來那麼重，應該沒辦法連續快速揮動。只要躲過對方試圖反制的一劍，就有機會貼上去。

——我要專注。要把劍尖當成槍彈來閃避。

春雪將意識打進更高的檔次，同時視野也朝中央逐漸收攏。所有感覺都集中在這黑得發亮的長劍尖端。

「……上啊！」

春雪大喊一聲，用力踹向地面。

他將姿勢放得不能再低，從十公尺的距離外一口氣逼近。

桐人舉在中段稍微偏後的劍，開始流暢地轉動。

是從下往上。劍尖一瞬間在地面擦出火花，為了迎擊身體前傾的春雪而往上彈起。就像一條漆黑的毒蛇亮出致命的毒牙——

春雪將左翼微微一張，讓身體軸心旋轉九十度，試圖閃過這一劍。即使沒有計量表可用，翼片也可以用來調整姿勢。

這勢挾勁風往上揮起的一劍，淺淺劃過Silver Crow的胸部裝甲。劍尖只留下一瞬間的滾燙與閃光，隨即往上方消失。這個瞬間，春雪右腳猛力踏上一步，起身揮出右上鉤拳。這一拳化為一道銀光，飛向黑色外套的胸口處……

眼看這一拳即將命中，桐人卻以左手猛力格開。右拳往外一偏，只擦過對方肩膀。

但到這裡都在盤算之中。這樣一來桐人就無法立刻抽回左手。春雪朝他空門大開的內門揮出左短鉤拳，打出一聲紮實的悶響，穿著外套的身體停下了動作。

——打中了！

就這樣繼續搶攻！

「喔喔喔！」

春雪在喊聲中使出右腳膝踢，這一頂再度命中。雙方緊緊貼在一起，無法造成重大損傷，但現在這樣就夠了。要以連段攻擊凍結對方的行動，同時看準間距給對方決定性的一擊。

Silver Crow以右手牽制對方的左手，接著左手試圖再來一記短拳。這個距離下長劍派不上用場，也就是說對方的右手等於作廢。

本來應該是這樣。

半砸半送的左拳被一個來自從正上方的物體按住。是桐人五指張開的右手。

「這…………」

劍、劍跑哪兒去了？

等到春雪心中產生這個疑問，下一個現象已經發生。

桐人的右手以飄逸流暢卻快得嚇人的動作碰上春雪胸口，跟著突然發出橘色光芒。

必……殺技！

但是沒拿武器──？

這個情形太出乎他意料，讓春雪的反應晚了一瞬間。在這場雙方都有著超高速反應的戰鬥中，這樣的破綻實在太大。

一陣巨大衝擊推在胸口，將春雪彈向正後方。

這一招打了個正著，但造成的損傷根本不大，看樣子只是用來拉開距離的攻擊。對方放開劍就是為了使出這一招嗎？如果是這樣，就不能讓他有時間撿劍。

春雪拚命踏穩腳步，想停住往後的勢頭，卻看到更加出乎意料的景象，驚訝得瞪大眼睛。

空手的桐人往前大跳躍撲了過來，還在空中將手舉得老高。

打算拔出背上的另一把劍？不對，時間上根本來不及。那麼是打算直接用手刀攻擊？難道對方以為這種攻擊打得穿金屬色的裝甲……

不對。

籠罩在他右手上的光芒尚未消失，也就是說必殺技還沒結束……

春雪雙腳穩穩踏住，停住後退的勢頭。正要再度上前時，桐人的右手卻在他眼前抓住了一個物體。

是劍柄。

他並不是將劍丟在地上，而是拋向正上方。

等春雪搞懂這一點，整把長劍已經籠罩在耀眼的火焰色彩之中筆直下劈。

這次春雪真的避無可避、擋無可擋。從左肩到胸口都受到一陣巨大的衝擊，讓他被一陣爆炸似的特效光吞沒，整個人被砍得朝右後方飛了出去。

＊＊＊

「體術／劍術複合劍技『隕石墜』……只是說了你也聽不見吧。」

我摸著被紮實頂中的腹部，說出了這句話。

我不會說這痛覺回饋的強度跟現實世界中一樣，但已經充分達到違法的地步了。光從這痛覺來看，就能知道這遊戲不是在二〇二六年的日本國內營運。

但Silver Crow終於被大招打了個正著，整個人飛了出去，半身埋進土石堆裡，相信他感受到的疼痛要比我大得多。當然這有個前提，就是他那金屬裝甲底下得有神經系統存在。

我朝體力計量表瞥了一眼，看見在緊貼狀態挨了拳擊與膝踢的我減少了一成半左右，Crow則減少了將近三成。外觀上我是血肉之軀，他是金屬機器人，但防禦力似乎沒有太大的差別，這點也很有格鬥遊戲的樣子。

而且既然是格鬥遊戲，這麼點傷害差距還多得是機會可以翻盤。我心想不能只因為砍中敵人一劍就悠哉起來，蹬向地面想乘勝追擊。

這時，銀色的身體忽然顫動——

圓形金屬頭盔迅速抬起。

面罩下的雙眼發出強烈光芒。至少我是這麼覺得。

緊接著，埋住銀色虛擬角色下半身的土石堆劇烈飛散。

這一下弄得塵土飛揚，遮住了四周景象。我重新舉劍擺好架式，同時拉開距離，等待視野能見度恢復。

從對戰空間底部吹過的冷風，轉眼間就帶走了塵埃。

幾秒鐘後，建築物崩塌的土石堆裡，找不到Silver Crow的身影。

「什麼……？」

我迅速掃視左右。兩側與身後都是寬廣的開放空間，正面則蓋著一棟寬度極長的建築。要不是嚴重腐朽，這地形看起來就像一間小規模的學校。

建築物的窗戶與入口全都以鐵板封鎖住，牆外也沒有樓梯。而且如果Crow從身旁溜過，我絕對會發現。也就是說，在掀起塵土遮住我視野的短短一瞬間裡，照理說他哪兒都去不了。既然如此，那個銀色機器人到底躲在哪裡……？

——不對。

他沒有躲藏。Silver Crow體力計量表下方已經集了三成左右的必殺技計量表，此刻正在繼續減少。他是在使用某種招式。可以推測他之所以從我視野中消失，就是因為用了這種招式。恐怕是鑽地，再不然就是讓自己透明的能力……

我發動所有知覺，觀察腳下以及前後左右四個方向。同時放低姿勢，握劍的力道也跟著放鬆，以不管從哪個方向受到攻擊都能立刻做出反應的姿勢，等著對方行動。

然而……

Silver Crow出現的方向，卻完全出乎我意料。

我忽然間覺得頭上有道小小的光芒一閃，立刻抬起頭來。

接著我看到了。白銀虛擬角色地挺出右腳腳尖，整個人彷彿一柄長槍似的俯衝過來，背上

往左右大幅度張開的金屬片更發出耀眼光芒。
它們果然是推進裝置，但不只能用來在地面高速移動。
那些金屬片……是翅膀！
我卯足全力踹向地面，往右方跳開。
但筆直俯衝的Crow卻以雙手當做穩定翼來調整角度，牢牢跟住我的動作。
「唔喔……」
我發出驚呼，想以右手劍架住這銳利的腳尖。
但這一腳的分量實在不是這麼一架就能擋住。一陣像是玩ALO受到重裝火精靈族衝鋒似的……不，是遠遠超乎其上的衝擊，將劍應聲彈開，這記俯衝下踢把我的右肩踢了個正著。

＊＊＊

對於將所有升級加成全都灌進飛行能力的Silver Crow而言，最強大的武器就是從高空進行的俯衝攻擊。
春雪花了很長的時間，專心研究讓俯衝攻擊有效命中對手的技術。他當上超頻連線者已經有半年，至今仍然遠遠說不上已經完成，但已經慢慢抓住要領。

這要領就在於必須兼顧威力與精準度，也就是下降速度與導向性能。

他將翅膀的推力全用在加速上，只用手臂與身體的動作來調整軌道。他已經不知道徒然插進地面多少次，才抓住了這個要領。

但他的努力並未白費。因為連有著驚人反應速度的「桐人」，都被這一腳給逮住了。

——不對。

黑衣人的右肩被俯衝下踢踹個正著，在地面彈跳數次，愈滾愈遠。春雪以目光追著他的身影，在內心搖了搖頭。

看樣子，桐人似乎不知道Silver Crow是飛行型對戰虛擬角色。如果是平常就有進行對戰的超頻連線者，在塵土飛揚而找不到春雪的那一瞬間，應該就會將注意力集中在上空，而不是四周。但Kirito直到春雪的腳踢即將命中之際，才抬頭望向上方。從這個角度來看，那短短一瞬間就能嘗試挪步&格擋，這種反應能力果然可怕。

春雪朝體力計量表瞥了一眼。桐人的計量表減少到剛好不足五成，變成了黃色。儘管造成的損傷量逆轉了過來，但這個對手既然已經知道他會飛，要以同樣的攻擊再度命中，多半有困難。既然如此，現在就不能放鬆攻勢。

春雪再度張開翅膀，朝著蹲在遠處地面的人影進行低空衝刺。

桐人使劍的右肩受了重擊，相信衝擊的餘波會在神經系統繼續殘留十秒鐘以上，讓他沒辦法好好揮劍。既然如此，只要現在上前搶攻，就可以分出勝負！

「唔……喔喔！」

春雪短吼一聲朝桐人逼近，從斜上方使出一記大動作迴旋踢。

翅膀不是只能用來從高空俯衝，更能在短距離的格鬥戰裡實現無視重力與慣性的三次元動作。既然對方之前沒見識過，這一腳應該也無從應付。

呼嘯生風的右腳有如雷射般劃過空中。

桐人仍然維持著抬起上身的姿勢不動。

踢得中——！

就在春雪心中有了這份確信的同時。

桐人長瀏海下的雙眼猛然一亮。

裹在黑色皮革大衣下的左手忽然一動，速度快得讓人看不見。

鏗！尖銳的碰撞聲響迸裂，刺眼的火花及滾燙的灼熱感隨之而來。

春雪的飛踢被彈開。當他整個人重重摔在地上後，才總算理解發生了什麼事。

桐人仍然維持單膝跪地的姿勢，左手高舉著在夜色下仍然發出耀眼白光的第二把劍。

黑衣劍士順勢慢慢站起，轉動握在左右手上的黑白兩色長劍……

最後唰一聲往左右兩邊一劃。

＊＊＊

我不得不承認。

我徹徹底底錯估了「Silver Crow」這個對手的實力。

他的名字白銀鴉名副其實，整個虛擬角色的大部分點數都灌注在飛行能力上。也就是說，剛剛的我就像是玩ＡＬＯ時，只不過在地面戰壓倒靠空戰性能吃飯的風精靈族，就以為自己佔了上風。

雖然我是很想以空戰分個高下，但現在我所用的虛擬角色並非ＡＬＯ的守衛精靈族桐人，而是ＳＡＯ的二刀流桐人。背上沒有翅膀，當然不能飛。

既然如此，要是我不拿出渾身解數，就不會有勝算。

這場戰鬥是因為量子迴路發生異常而造成的偶發性狀況，不過這點已經幾乎完全從我意識中消失。記憶中寥寥數次與真正強敵決鬥時嘗過那種幾乎刺痛的緊張與昂揚，籠罩我的全身。

右手闡釋者，左手逐暗者。我感受著這兩把劍睽違一年半的重量，默默凝視起身的白銀虛擬角色。

他的胸口與左腳有著很深的傷口，散出細小的白色火花，但ＨＰ計量表還剩下四成左右。

右肩焦黑痕跡還冒著煙的我，計量表長度也幾乎完全相等。

然而既然雙方都已經亮出底牌，下一回合應該就會分出勝負。

Silver Crow背上翅膀唰的一聲大大張開。

＊＊＊

看見「桐人」手執雙劍，只剩輪廓還清晰的站姿，春雪這才恍然大悟，知道了從這次對戰開始以來就感受到的壓力是怎麼回事。

很像。

跟黑之王「Black Lotus」很像。

左右雙劍的姿勢與全身的顏色固然像，「深不可測」更是最大的共通點。

春雪公主幾乎從未在現場看過黑雪公主全力戰鬥的情形。記憶中唯一看過的一次，就是之前在無限制中立空間裡，與同屬9級的黃之王那一戰，然而當時雙方似乎都還保留了實力。

這種強得深不可測的感覺，讓人產生一種預感，覺得要是她真正認真起來，真不知道到底會發揮出多麼強大的戰鬥力。

這個叫做桐人的超頻連線者，也蘊含著完全相同的氣息。

——如果這小子真的跟黑雪公主學姊一樣強，我根本不可能打得贏。

春雪的理智做出這樣的判斷。

但滿是傷痕的胸部裝甲內，那把點起的火焰卻莫名地不見消退。不但沒有消退，火勢還愈燃愈烈，將熱流直送到四肢末端。

他想打打看。想將Silver Crow以及有田春雪的一切燃燒到極限，對這個強敵使出渾身解數來印證自己的實力。

雙劍劍士慢慢走近的模樣，帶來只要稍有鬆懈就難保不會因昏厥而登出超頻連線的壓力，但春雪卻在銀色面罩下露出淡淡的微笑。

看樣子虛擬角色在數值上沒有太大的差異，但如果拿操縱者的意識性能相比，自己似乎是落於下風。無論狀況分析能力還是對應能力，都是桐人高出一籌。雙方是初次見面，但春雪始終搶不到先機。

既然如此，也就只能在小小自信的根據——「速度」上賭一把了。

我要相信，相信背上的銀翼所帶給我的這種對速度的渴望。我要專注。

「……我要超越你。超越給你看。」

一說出這句話，視野中的景象就微微改變了色相。

聲音遠去，火星飄在空中的速度變得緩慢。

但春雪並未意識到這些改變，只是專心致志將所有精神力聚焦在對手的雙劍上。

＊＊＊

我切身感受到「Silver Crow」散發出來的「氣」有了質的改變。

想來對手也同樣認為這一回合就會分出勝負。Crow背上的翅膀完全張開，但他沒有起飛，只是緩緩沉腰舉起雙手，以最自然的架勢等著我。

如果他想把一切都賭在這一回合，那正合我意。

我這才注意到，自己嘴邊露出了淡淡的笑容。

這種打鬥可不容易體驗到。過去我在許許多多遊戲世界裡，有過許多次重要的決鬥，其中幾次甚至打輸。但我上次體驗到這種幾乎刺痛的緊張感，已經是三個月前在ALO的統一決鬥大會決賽對上奇蹟超劍士「絕劍」的時候。

真是不可思議。我明明連為什麼要和Silver Crow打都不知道。跟他遭遇以來的事態發展，明明只是實驗機出了問題而導致的偶發性意外——

……不對。

或許正是因為這樣。正因為這場戰鬥不是已知的遊戲，讓我處在這種一切都是謎的狀況下，我才會這麼亢奮。

還不只這樣。既然背負【Kirito】這個名字，雙手也握住了昔日愛劍，就不容我有所保留。

「……接下來可得拿出所有本事了。」

我輕聲呢喃——

接著右腳大大踏出一步，發動劍技的預備動作。

雙劍發出明亮的橘色光芒。

緊接著，我整個人就像用大砲射出的砲彈一樣，朝著Silver Crow展開長距離衝鋒。

這是二刀流突進技「雙重扇形斬」。

＊＊＊

在深沉的黑暗中，桐人手中發光雙劍拖出軌跡衝來，模樣宛如要燒盡萬物的火龍之焰。

春雪一腳踢開想逃向空中的恐懼，等在原地迎擊。

即使意識的檔次已經拉高到極限，這一切仍然只發生在一瞬之間。

桐人的身體在春雪眼前轉了一圈。右手黑劍在空中拖出螺旋火焰，從下往上猛砍過來。

春雪試圖以左手手背將黑劍劍鋒往上撥。

Silver Crow全身裝甲就屬手的部分強度最高，但劍仍然砍了進去，刺眼的火花從銳利的傷痕灑向夜空。

「嗚……！」

春雪不由得悶哼一聲，但下一劍才是關鍵性的一擊。

在極短的間隔後，左手白劍從後砍來，與還留在空中的揮砍痕跡相互交叉。這一劍以駭人精準度砍向春雪的咽喉，攻擊速度遠勝之前對峙過的任何超頻連線者──甚至遠比槍彈與雷射都快。

春雪試圖躲過這一劍並抓住劍刃。

但他終究找不出這樣的破綻。不但找不出破綻，這神速的一劍甚至不容他閃避。

因此春雪抱著不惜犧牲右手的覺悟張開手掌，以掌心迎向劍尖。

劍刃幾乎不受任何阻力便刺穿了手掌，繼續往前推進。但穿刺的動作終究微微一慢，讓春雪能在瞬間扭頭避開。一陣輕微的震動從脖子右側傳來，刀刃深深撕開頸項側面，跟著繼續往後穿出。

體力計量表還剩一成。

這場賭注──

贏的人是我！

春雪在意識中這麼吶喊，以被劍穿過的右手掌，將桐人的左手連著劍柄一起抓住。

「唔……喔喔喔喔！」

Silver Crow放聲咆哮，雙腳朝地面一踢，以雙翼拍響空氣朝著夜空高高飛起，彷彿恨不得瞬間燒光集滿的必殺技計量表。

接著，他在全力加速之中轉身，加上慣性的力道，猛力將桐人的身體拋向正上方。

劍從手掌穿出，火花拖出一條細細的軌跡遠去。沒有翅膀的雙劍士身不由己，被拋得猛然往夜空中上升。

驚人的是，即使處於這樣的狀況，仍然看不出劍士有絲毫動搖。他並未亂揮四肢，而是張開雙手雙腳試圖調整姿勢。

然而——

既然已經演變成這種情形，他就無能為力了。

儘管幾乎所有超頻連線者都沒明確意識到這點，但所謂的物理攻擊都必須仰仗反作用力，沒有任何例外。

無論是拳打、腳踢、劍，還是鈍器，都得牢牢跨步蹬地借力，藉此加上身體的質量，否則就發揮不出威力。在異常滑溜的「冰雪」場地下，格鬥戰的效果會很差，理由就在這裡。

而空中根本沒有地面可以借力。

桐人多半還能揮劍，但他的劍刃已經不會再有那種駭人的威力。

相較之下，春雪則可以靠翅膀向空氣借力。即使雙方都中招，造成的傷害量應該也能大幅超出對方。

「這麼一來…………」

Kirito的輪廓上升勢頭慢慢減緩，即將達到拋物線頂點。看在眼裡的春雪大喊一聲：

「就結束啦——————！」

空氣在耳邊呼嘯生風。

春雪將衝刺的力道灌注在右腳，使出長距離的迴旋踢。

桐人試圖以左手劍格擋，劍刃卻在高亢的聲響中被輕易地撞開，這一腳深深踢進他側腹。

春雪再度以衝刺跟上被凌空踢開黑衣身影。這回他雙手交叉，又一次彈開劍刃，順勢以頭盔賞對方一記頭錘。一陣沉重的衝擊劇烈打在對方胸口。

到了這時，雙方的體力計量表都已經只剩一成。

飛行計量表所剩的長度也差不多，但這就夠了。下一招就會分出勝負。

春雪使出全身力氣握緊右拳，展開最後的衝鋒。

這一瞬間——

桐人的雙眼猛然睜開。大衣在疾風吹拂下劇烈翻動，全身更籠罩在淡紅色的鬥氣之中。

他右手的黑色長劍發出血紅光芒。

——必殺技！

——不要退縮！

春雪咬緊牙關，繼續前衝。即使這招是長射程的穿刺攻擊，在沒有地面可以踩踏的空中，也只會被反作用力帶得連人帶劍向後飄。這種招式打不穿Silver Crow的銀甲！

「唔……喔……！」

就在正要發出咆哮的春雪眼前。

桐人的身體轉了半圈。

一陣噴射引擎般的轟然巨響中，威力強大無比的直線突刺劍技從右手發出，鮮明地貫穿了夜空。

——但他發出招式的方向，卻與春雪逼近的方向相反。

「這……………」

桐人身體受到強烈推進劍技的反作用力影響，猛然朝著驚呼的春雪衝來。

左手劍劃出閃亮的蒼白眉月軌跡，深深烙印在春雪的眼簾——

這一劍砍向他胸口正中央。當劍尖碰上胸口時，春雪同時感受到滾燙與冰冷。

——這傢伙太離譜了。

耗掉剩下的整條必殺技計量表，竟然不是用在攻擊，而是用來取得一瞬間的推力。

春雪腦海中瞬間閃過這樣的感嘆，但他的意識也在同一時間嘗試做出最後的反擊。

他將右拳朝著與劍交錯的軌道筆直伸出。然而長度不夠，於是他反射性地併指成刀。尖銳的手指併攏後，就像一把劍似的亮出白光。

——一定要中！至少要讓他曉得我直到最後都不會放棄！

眼看白劍就要刺穿Silver Crow的胸口。

銀色的指尖碰上了桐人的外套。

這一瞬間，桐人的虛擬角色無聲無息地化為許多白色光點。

失去實體的劍穿透春雪的身體，春雪的右手也同樣穿透桐人的身體。兩人就這麼在空中相互穿透。

當身形交會的瞬間，春雪覺得腦子裡似乎聽見某個說話聲。是個柔和、堅毅，聽起來十分舒服的聲音。

『這場決鬥很精彩。改天——再打一場吧。』

接著，神祕超頻連線者「桐人」的身體，就這麼從虛擬空間中消散。

春雪的視野中央顯示出一串他從未看過的文字微微閃爍——【DISCONNECTION】。

＊＊＊

「……哥、哥哥！」

聽到這個聲音後，我猛然拉起視線一看，便在餐桌另一頭發現直葉嘟起了嘴。

「啊、抱、抱歉。妳剛剛說什麼？」

「我是看你手都沒怎麼在動，才問你說是不是不合你的口味！」

看見直葉的嘴嘟得更尖，我趕緊搖搖頭說：

「沒、沒這回事。這關東煮很好吃啊。」

我張嘴咬了一大口馬鈴薯，對她連連點頭，但直葉還是不怎麼高興。

「……這又不是關東煮，是法式蔬菜燉肉鍋。」

——法式蔬菜燉肉鍋會把整顆蛋丟下去燉？我雖然這麼想，但當然沒有說出口，而是大口大口地猛吃，轉眼間就把盤子清空，喊了一聲「再來一盤！」收拾眼前的事態。

媽媽照慣例晚歸，所以今天的晚餐還是只有我跟直葉一起吃。要是這時我不說話，餐桌就會變得鴉雀無聲。但我吃著第二盤法式關東煮之餘，思緒就是會被拉去今天下午體驗到的那段奇妙經歷。

我在神祕的對戰格鬥遊戲空間裡，跟來路不明的虛擬角色「Silver Crow」展開如火如荼的對戰，可惜在即將分出勝負之際斷線。而這還是短短四小時前發生的事。

我從實驗機跳了起來之後，當然一口氣說個不停，把這一切都告訴比嘉健。

但比嘉卻露出極為懷疑的表情，我一氣之下，就說要再連上那款遊戲，以不動手動刀的方式交換情報。

我進行了第二次連線——看到的卻是先前說過會出現的美麗森林風光。視野中沒有體力計量表或倒數讀秒，也沒有對手出現。於是我便照當初的計畫收集數據，之後為防萬一，比嘉與其他工作人員也都連了進來，但再也沒有人看見神祕的人影。

沒錯，實驗機的量子迴路「修好」了。彷彿機械安排我跟Crow對戰之後就心滿意足，不再作怪……

又或許那場戰鬥，只是第一次用第四世代機種進行完全潛行的我，在刹那間所做的夢。當我結束工作要走出研究室時，比嘉這麼對我說。

不過，這種話我終究沒辦法相信。Silver Crow那堪稱完美的動作與超高溫火焰般的鬥志，以及我們彼此燃燒殆盡的那場決鬥，都不可能只是一場夢。

「真是的，哥哥你一直在發呆，到底在想什麼啊？」

這時我又聽到直葉說話，於是再度從沉思中醒來。

這樣下去多半又會惹她生氣，於是我決定乾脆把她也牽連進來，在用叉子叉起小香腸時開口說道：

「沒有啦……今天我跟一個很厲害的對手決鬥。雖然最後因為斷線所以不分勝負，不過我實在不敢說那樣算是打贏啊……」

「是喔？哥哥跟沒看過的玩家打成平手？有這麼厲害的人？」

直葉也被勾起了興趣，因而探出身子。看樣子，她似乎誤以為這是在ALO內發生的事，但實驗機的事包含在保密條約中，不太方便訂正，所以我乾脆任她繼續誤會。

「該怎麼說……他飛得好自然，簡直像在看真正的隨意飛行。」

「……？這話怎麼說？」

我也不放下叉子，就實際做出動作給歪著頭的直葉看。

「妳也知道，ALO的隨意飛行並不是真的只用思考來控制翅膀，必須實際動到肩胛骨。想加速的時候就要像這樣……」

說著雙手後拉，讓兩邊肩胛骨靠近。

「然後減速的時候就要這樣。」

這次改為雙手前伸，讓兩邊肩胛骨分開。

「練熟了以後，就可以讓實際的動作愈來愈小，但還是不能完全不動吧？所以在空戰時，振翅的動作總是會影響到攻擊。」

聽我這麼說，直葉也用力點點頭說：

「是啊，揮劍時肩膀一定會分開，就會同時對翅膀下達減速指令。攻擊時可以完全不減速的，也只有挺在腰間不動就夠的長槍類武器了。不過這也沒辦法，畢竟人類就是沒有真正的翅膀，總得從身上找個地方來代替。」

「就是說啊……可是他控制翅膀的時候，看起來跟四肢的動作完全不衝突。在猛烈的全力衝刺下，居然還能繼續加速往前揮拳呢。」

「咦咦～？不可能會有這種事啦。」

我對兩眼圓睜的直葉微微一笑：

「就是啊，不可能。大概是他動作太快，才讓我有這種錯覺……如果能這麼自由自在地只動翅膀，那他就不是人類，而是鳥人，再不然就是……」

——再不然就是那個世界裡，有著超出我理解的人機介面。

沒錯……如果不像頸掛式的AmuSphere那樣從腦幹擷取大腦對身體發出的運動指令，而是直接從意識中讀取動作的意念，說不定……

不可能。說穿了意識就是靈魂，機器怎麼可能直接存取？

但如果不這麼想，就無法解釋Silver Crow的動作。

一個能將想像力，也就是將人的意志加以數據化，轉化為實質能力的世界。沒錯，仔細一想，那款實驗機不就讀取了我的「自我印象」，塑造出了劍士桐人這個虛擬角色？也就是說，比嘉設計出來的第四世代型完全潛行機種，可以和靈魂而非腦細胞聯繫……在那個世界裡，連線者有可能使用最終極的輸入法，也就是「意志力」了？

我先用力閉上眼睛一會兒，接著注視坐在對面的直葉，露出得意的微笑。

「……哥、哥哥你笑什麼啦？」

我朝這個嫌我噁心的速度狂風精靈劍士說：

「說不定，將來有一天……不對，也許就在不久的將來，我們可以真正地飛行。不是那種用肩膀替代的隨意飛行……而是真的隨心所欲拍動翅膀。」

直葉聽得連連眨眼……

接著露出笑容。

「希望這一天真的會來。」

我點頭回應，大聲嚼著小香腸，腦中再度回想起他的身影。

想起白銀鴉撕開夜空飛翔的美麗身影。

＊＊＊

「……雪。喂，春雪，你在聽嗎？」

聽到有人在喊自己，春雪趕緊抬起頭來，隨即看見黑雪公主正從白色小圓桌另一側發射危險的視線。

「啊、對對、對不起，我在想事情……」

「喔？到底有什麼事情比商量跟我出門更重要，這我倒是非常有興趣。」

春雪嚇得縮起脖子，喝了口紙杯裝的冰拿鐵爭取時間。

放學後的交誼廳裡空空蕩蕩，沒有其他學生的身影。但春雪仍然仔細查看四周，確定沒有人在聽他們說話之後，才吞吞吐吐地回答：

「那個，呃，其實……我跟一個很奇怪的超頻連線者對戰……」

這句話刻意省略了「今天午休時間」這幾個字。先不論春天發生的「Dusk Taker」事件，也能知道如果在午休時間，而且還是在校內網路跑出來路不明的敵人，絕對是一件大事。本來對戰後他應該立刻警告整個黑暗星雲的團員，查出敵人的現實身分，但春雪卻沒這麼做。

因為，這個對手身上不但感覺不出惡意，甚至感覺不出敵意，從頭到尾只有著純粹追求對戰的興奮與喜悅。儘管展開那麼熾烈的激戰，他卻只在春雪心中留下一種神清氣爽的感覺。

這人大概再也不會出現了。

春雪沒來由地產生這種確信，同時斷斷續續地說下去：

「………那人很奇特，可是非常厲害。他的武器是兩把劍……揮起來自由自在，彷彿毫無重量，我幾乎完全看不清楚他的招式……」

「兩把劍……」

黑雪公主小聲複誦，微微皺起眉頭。但當春雪訝異地睜大眼睛看著她，黑雪公主立刻又恢復表情要他說下去。

「不，沒什麼。那結果呢？你打贏了嗎？」

「啊，呃……我們還沒分出勝負就斷線……不過如果不是斷線，我想我一定會輸。我的最後一擊多半送不到他身上。」

「喔？竟然能在近身戰壓著你打？他的顏色跟等級呢？」

聽黑雪公主這麼問，春雪以傷腦筋的表情搖搖頭：

「這就是問題。不知道是系統出錯，還是他用了什麼封包過濾器……顏色名稱跟等級都沒顯示出來。只是，外觀上的顏色，這個……非常黑。」

看見「黑之王」再度瞇起雙眼，春雪也沒想太多，就問出了他在戰鬥中也曾想過的疑問。

「對了學姊，我好幾次想問，請問『黑色』到底是什麼樣的屬性？」

黑雪公主愣了一下，連連眨眼，接著露出大大的苦笑。

「你這問題也問得太突然了吧，春雪。」

「咦，不，這個，對對對不起！」

黑雪公主嚇得春雪不禁縮起上半身，接著她再度露出聰明姊姊面對少根筋弟弟的笑容：

「不，其實也不用道歉，因為答案是『我也不知道』。」

「……咦？」

「不過我還是有做出一些推測。」

黑雪公主喀啷一聲擱下冰紅茶，轉頭望向午後淡淡的陽光並開始講解：

「色相環上有三原色……『近戰的藍』、『遠攻的紅』、『間接的黃』，還有介於這三原色之間的『綠色』與『紫色』等中間色。除了金屬色以外，幾乎所有對戰虛擬角色都分佈在這個色相環上。彩度愈高，屬性的純度就愈高。」

到這裡都是春雪也很清楚的法則。舉例來說，好友拓武所控制的Cyan Pile，雖然有著相當鮮明的藍色，卻微微偏向紫色。這是因為他的起始裝備「打樁機」兼有遠程攻擊能力。

黑雪公主彷彿看穿了春雪的心思，點點頭說下去：

「相反地，彩度愈低，屬性就愈是特殊。你的朋友『Ash Roller』雖然屬於綠色系，實際上卻是綠色淡得幾乎看不出來的灰色。那多半是因為他的大部分潛能，都灌進了機車這種特異的強化外裝……但同樣是低彩度，為什麼有的虛擬角色偏暗，有的卻偏亮呢？這個部分到現在還沒有人弄清楚。」

「有的暗……有的亮……」

春雪喃喃複誦完，這才總算懂了她的意思。一旦虛擬角色的顏色暗到底，就成了黑色——「純粹的黑」；相反的，亮到底則是白色——「純粹的白」。這兩者都特異到了極點，但為什麼會分成黑與白這兩種完全相反的顏色呢？這點的確令人費解。

春雪搖頭晃腦想到這裡，卻忽然聽到黑雪公主小聲說：

「長期以來……我一直認為『黑色』是『拒絕的顏色』。」

「咦……拒、拒絕……？」

「對。拒絕染上任何顏色，什麼都沒有的虛無顏色。一種就像深井之底，什麼地方都去不了的顏色……」

這幾句話十分淒涼，但春雪還沒開口，黑雪公主就先搖了搖頭。她淡色的嘴唇展現出微微笑意。

「可是……可是啊。最近，我覺得也許並非如此。因為呢，就像這樣……」

說著她纖細的右手忽然從桌上滑了過去，用力抓住春雪擺在桌上的左手。

「……你好幾次像這樣抓住我的手。你讓我想起，就算是這樣的我，也能和別人接觸。」

那出奇溫柔的眼神，讓春雪連耳朵都紅了，但他仍然下定決心回握黑雪公主冰冷的手。由於心臟怦怦直跳，讓他實在說不出什麼中聽的話，所以只能拚命透過相握的手指，試著傳達自己的心意。

——黑色絕對不是什麼拒絕的顏色。因為，我之前待在昏天暗地的深淵裡時……就是妳朝我伸出了援手。妳溫柔地包容我，撫平了我的傷痛。

——沒錯……他也一樣。

——那個黑衣劍士，也有著同樣的包容力。有著能夠承受一切，給予支持的堅強。

春雪彷彿被記憶中的「桐人」推了一把，戰戰兢兢地抬起頭來，好不容易才說出幾句不太完整的話。

「這個……這個，課堂上教過，說黑色的東西，是因為對什麼光線都不反射，看起來才會是黑色。所以……所以黑色絕對不是什麼寂寞的顏色。我認為，這是一種比其他任何顏色來得更偉大、更溫暖的顏色。」

黑雪公主聽了後，瞬間瞪大雙眼——

接著展露出睡蓮花蕾綻放似的笑容。

客串插畫／abec

後記

大家好，我是川原礫，為各位讀者送上《加速世界10 Elements》。

……寫到這裡，我才意識到這已經是第十集了。這個故事衍生自一個很簡單的概念，那就是「如果有以現實世界為舞台的格鬥遊戲，應該會很有意思」，再考慮到「可是如果悠哉地一打就是好幾分鐘，應該會被車撞吧」，於是又添上了「加速」這個元素便開始執筆，其他所有設定都是開始寫以後才陸續追加上去的。

這樣走一步算一步的故事，加上是由我這個基本上怠惰到了極點的人來寫，居然還能寫到足足十集之多，全都多虧了現在正在看這篇文章的各位讀者給予支持及愛護。

只是話說回來，光是看看同樣打著電擊文庫標籤的作品，別說十集了，甚至超過二十集的系列都是所在多有，所以根本還不是陶醉在結局感當中的時候啊（笑）。現在整個故事的舞台總算搭建好了，今後「純色六王」的軍團與「加速研究社」之間的戰爭將愈演愈烈……應該啦，只是這部分連我也得寫下去才知道實際情形到底是怎樣……這個故事就是這麼聽天由命，但還請各位讀者繼續給予支持及愛護。

第十集的內容，屬於安插在主線情節之間的短篇集。收錄的三篇故事都帶著一點實驗性，內容分別是回溯過去的〈遠日的水聲〉、第一次以黑雪公主觀點描述的〈天邊的海潮聲〉，以及與我的另一部作品《刀劍神域》交集的〈對戰〉。尤其最後的〈對戰〉，內容上會讓人對於兩個系列之間的關連提供很大的想像空間，但站在作者的角度來說，目前還是先秉持「兩款作品之間沒有明確關連」的立場。如果各位讀者能夠如SAO的主角桐人在劇中的推測，當成是作者拿「因量子電腦干涉平行世界」這種硬凹的藉口來搞週年慶性質的短篇故事，我會很欣慰的。每次都提出這種任性的請求，真的很對不起……按照計畫，從下回的第十一集起，故事又會拉回主線，從傳喚春雪當證人的「七王會議」場面開始。

改編動畫、遊戲、廣播劇CD的大海嘯，讓我發揮媲美Black Vise的逃跑能力，不得已只好獨自一肩攬下所有問題的責任編輯三木先生；接下十月與十二月連續出刊這種誇張委託的插畫師HIMA老師；以及客串本集插畫的abec老師，這次也非常感謝各位！還有各位讀者，二〇一二年也要請大家多多指教了！

二〇一一年十月某日　川原 礫

Kadokawa Light Novels

.hack//G.U. 1~4（完）

Kadokawa Fantastic Novels

作者：浜崎達也　插畫：森田柚花

追尋最終的敵人歐凡，
長谷雄的冒險劃下句點！

在網路遊戲「THE WORLD」中，陸續發生了玩家昏迷的異常現象，其原因是寄生於碑文使歐凡左手臂上的病毒AIDA。而過去曾一同並肩作戰的歐凡，正是奪走長谷雄最愛的女孩「志乃」的元兇。歐凡真正的意圖究竟為何!?長谷雄的故事終於邁向完結！

台湾角川

各 **NT$180~240/HK$50~68**

Kadokawa Light Novels

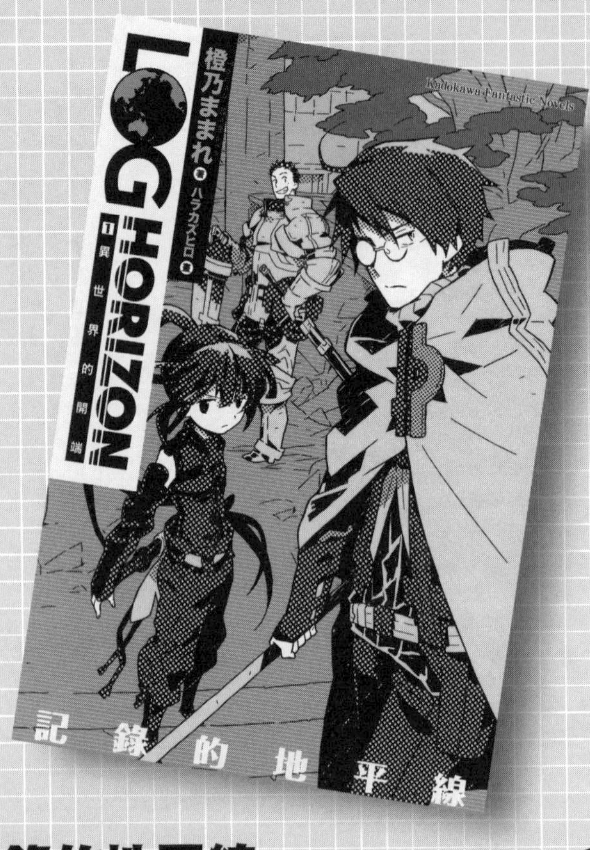

記錄的地平線 1 待續

Kadokawa Fantastic Novels

作者：橙乃ままれ　插畫：ハラカズヒロ

3萬名玩家受困於線上遊戲——
「幻境神話」中的世界！

與怪物的戰鬥、失去味道的食物、絕對不會死亡的際遇。直到昨天還只是遊戲的「劍與魔法之世界」，從今天起成為「現實世界」。在混亂的局勢之中，自負為獨行俠的城惠，即將與老友直繼以及美少女刺客曉，從廢墟城市「秋葉原」開始改革這個世界！

NT$220/HK$60

台湾角川

國家圖書館出版品預行編目資料

加速世界. 10, Elements / 川原礫作 ; 邱鍾仁譯.
-- 初版. -- 臺北市 : 臺灣國際角川, 2012.09
面 ;　公分. -- (Kadokawa fantastic novels)

譯自 : アクセル.ワールド. 10, Elements
ISBN 978-986-287-928-3(平裝)

861.57　　　　101015587

Kadokawa
Fantastic
Novels

加速世界 10
—Elements—

（原著名：アクセル・ワールド10 —Elements—）

2012年9月13日　初版第1刷發行
2022年7月25日　初版第8刷發行

作　者：川原 礫
插　畫：HIMA
日版設計：BEE-PEE
譯　者：邱鍾仁

發 行 人：岩崎剛人
總 編 輯：蔡佩芬
副總編輯：朱哲成
美術設計：吳佳昫
印　務：李明修（主任）、張加恩（主任）、張凱棋

發 行 所：台灣角川股份有限公司
地　址：104台北市中山區松江路223號3樓
電　話：（02）2515-3000
傳　真：（02）2515-0033
網　址：www.kadokawa.com.tw
劃撥帳戶：台灣角川股份有限公司
劃撥帳號：19487412
法律顧問：有澤法律事務所
製　版：尚騰印刷事業有限公司
ISBN：978-986-287-928-3